16	3	2	13
5	10	11	8
9	6	7	12
4	15	14	1

Marconi Leal

TUMBU

Ilustrações de
Dave Santana e Maurício Paraguassu

editora 34

EDITORA 34

Editora 34 Ltda.
Rua Hungria, 592 Jardim Europa CEP 01455-000
São Paulo - SP Brasil Tel/Fax (11) 3811-6777 www.editora34.com.br

Edição conforme o Acordo Ortográfico da Língua Portuguesa.

Capa, projeto gráfico e editoração eletrônica:
Bracher & Malta Produção Gráfica

Ilustrações:
Dave Santana e Maurício Paraguassu

Revisão:
Cide Piquet
Fabrício Corsaletti

1ª Edição - 2007, 2ª Edição - 2009 (4ª Reimpressão - 2021)

CIP - Brasil. Catalogação-na-Fonte
(Sindicato Nacional dos Editores de Livros, RJ, Brasil)

Leal, Marconi, 1975-
L435t Tumbu / Marconi Leal; ilustrações
de Dave Santana e Maurício Paraguassu —
São Paulo: Editora 34, 2009 (2ª Edição).
200 p. (Coleção Infanto-Juvenil)

ISBN 978-85-7326-376-3

1. Literatura infanto-juvenil - Brasil.
I. Santana, Dave. II. Paraguassu, Maurício.
III. Título. IV. Série.

CDD - 869.8B

TUMBU

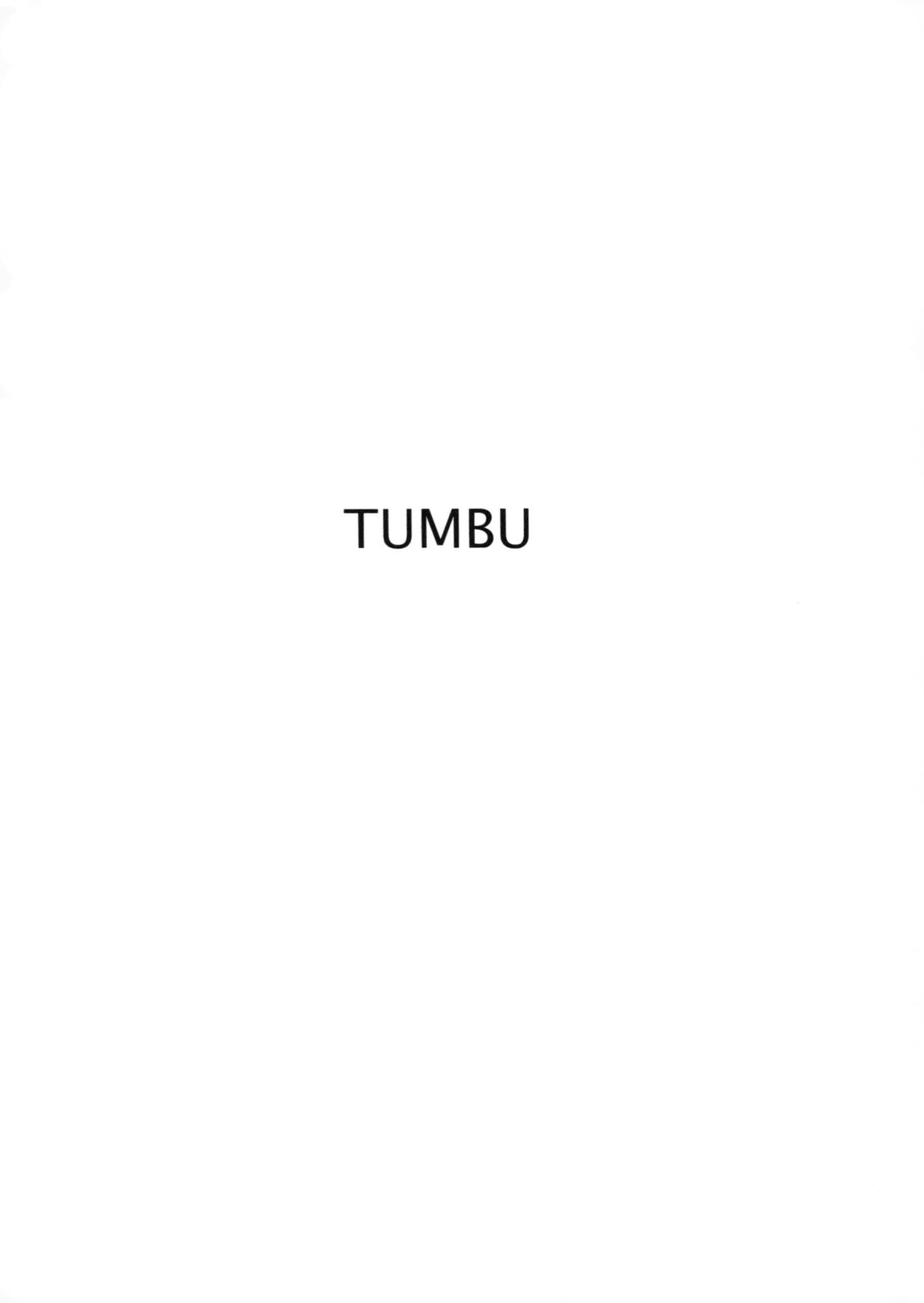

TUMBU

1.
O COMEÇO DE TUDO

Primeiro ouvi um som como o de uma flecha: *zift*... Depois, senti o pé do meu pai nas minhas costas. Fui atirado para dentro da lagoa e demorei um longo tempo debaixo d'água, porque nadar nunca foi o meu forte.

Quando finalmente consegui colocar a cabeça para fora da água, vi meu pai e minha mãe presos na rede. Ele olhava para mim com uns olhos tristes. Ela soltou um grito fino de quem é picado por aranha e depois se calou.

Papai colocou uma mão sobre a cabeça dela e, em seguida, levou a outra mão fechada ao peito, me encarando, como se dissesse que me teria para sempre junto dele. Então os Aimimi recolheram a rede, levaram os dois para dentro da floresta e desapareceram.

— Papai! Mamãe! — gritei e tratei de nadar para a beira da lagoa.

Quando finalmente pus os pés no seco, não havia mais sinal de ninguém. Meus pais tinham sido sequestrados.

— Socorro! Socorro! — berrei mais uma vez e caí de joelhos no chão, chorando.

Chorei tanto e tão alto, com tamanhos berros, que devo ter deixado mais de um passarinho surdo e pelo menos um par de hienas pálidas de susto. E só ali, naquele momento, eu entendi de verdade tudo o que vinham falando sobre os ataques recentes dos Aimimi.

Outras pessoas, de outras tribos, já haviam sido sequestradas. As localidades próximas da minha aldeia estavam em alerta e todos os comentários giravam em torno do avanço dos Aimimi contra os inimigos da região. Mas como poderia esperar que justo naquela tarde tão calma, quando caminhávamos para tomar um refrescante banho de lagoa, fosse acontecer o pior?

De repente, sentindo já o peito arder de tanto chorar, me levantei e enxuguei as lágrimas com as costas da mão sujas de terra. Minha dor tinha se transformado em raiva. Estava com ódio dos Aimimi. Um ódio cego e descontrolado.

Olhei para o lado da floresta por onde haviam desaparecido com meus pais e me preparei para segui-los. Mas fui parado por Uembu e Mukondo, que chegavam correndo, chamados pelos meus gritos desesperados.

— Que foi que houve, Tumbu? — perguntou Uembu aflita, me abraçando e olhando bem dentro do meu olho, com suas pupilas pretas de piche molhadas de prata.

Eu suspirei e por alguns segundos resolvi que a vida era boa e que os Aimimi até que nem eram tão maus assim. Tive vontade de deitar e me queixar infinitamente, para receber outro abraço e quem sabe até um cafuné.

Porque esse era o efeito que a presença de Uembu sempre despertava em mim, desde que nós éramos pequenos e mal sabíamos andar — ela com aqueles olhos imensos e aquele sorriso que faziam as corujas parecerem bichinhos bonitos e os rinocerontes uma espécie meiga e gentil.

— Já sei: foi picado por cobra — falou em seguida Mukondo, com sua voz pausada, calma, os olhos quase fechados e a eterna confiança de que, se algo ruim não tinha acontecido ainda, era só uma questão de tempo até que acontecesse. E continuou, da mesma maneira: — Não, um leão comeu sua perna. Não, quer dizer, a perna tá aí. Então foi um raio: um raio caiu na sua cabeça e desceu pela garganta, queimando o coração e chamuscando a barriga. Ou então...

— Meus pais foram sequestrados pelos Aimimi — interrompi, despertando da moleza que a voz doce de Uembu me dava e voltando a me encher de revolta.

— Os Aimimi? — perguntaram os dois irmãos, espantados.

— Isso mesmo — falei. — E tô indo agorinha atrás deles. Eles vão ver só. Venham comigo!

— Mas, Tumbu, não é assim... Os Aimimi, eles são perigosos e... — tentaram dizer os meninos, mas àquela altura eu já havia disparado para o meio da floresta e corria desabalado, me furando nos espinhos e me cortando nos cipós.

E não pararia de correr jamais, se o tronco de uma árvore não tivesse aparecido de repente na minha frente, vindo sabe-se lá de onde, e metido sua couraça dura de madeira bem no meu nariz: *ploft*!

— Ai! — disse apenas, e caí para trás, desmaiado.

Quando acordei, meus amigos quiseram me convencer de que não era uma boa ideia tentar resgatar meus pais sozinho.

— Mas eu não vou sozinho — respondi prontamente. — Vou com vocês.

— Mesmo assim, Tumbu — falou Mukondo. — O melhor a fazer é voltar até a aldeia e falar com os adultos. Eles vão saber como resolver o problema.

— É, sim, Tumbu. A gente pode acabar se machucando. Venha, vamos. Esfrie a cabeça — concordou Uembu, colocando a mão quente em meu rosto.

Senti que o céu tinha baixado à terra e os deuses todos dançavam ao meu redor, em meio a mil estrelas brilhantes, enquanto um vento morno soprava meu cabelo e fazia cócegas no meu nariz. A luz do sol ficou totalmente cor-de-rosa e as nuvens douradas todas cantavam juntas: "Você é lindo, Tumbu. Você é lindo".

Ainda amolecido pelo carinho de Uembu, falei:

— É melhor, né?

— Sim — concordaram meus amigos.

— Os adultos vão nos ajudar.

— Isso.

— Com a ajuda deles vai ser mais fácil.

— Com certeza.

— Então a gente volta à aldeia e pede socorro.

— Assim que se fala.

— E depois, mais calmos, com todos da tribo reunidos, tomamos uma decisão.

— Exatamente.

— Tudo bem, então — falei sorrindo. Mas, em seguida, me levantei num salto rápido: — Vocês ficam aí. Eu tô indo salvar meus pais.

— Tumbu!...

Andei novamente com passos ligeiros para dentro dos matos. Sem outra alternativa, meus amigos vieram atrás de mim. Graças aos deuses. Porque, se não fosse a companhia de Mukondo, que podia ser o maior pessimista do mundo mas entendia de trilhas e caminhos como ninguém, ainda hoje eu estaria dando voltas naquela floresta. O senso de direção nunca foi o meu forte.

Sendo assim, com cerca de uma hora de caminhada firme, chegávamos às proximidades da aldeia dos Aimimi. Escondidos entre a folhagem de um bosque, acompanhamos os movimentos de nossos inimigos.

E foi protegido naquele lugar que eu vi uma coisa aterradora e tive a maior surpresa do dia e também da minha vida, pelo menos até então.

2.
ESCAMBO

Primeiro nós vimos que os Aimimi tinham sequestrado não apenas meus pais, mas muitas pessoas da tribo, que estavam amarradas umas às outras numa fila imensa, no meio da aldeia deles. Ali estavam o pescador Muongo, tio dos meus amigos, minha tia Kifufunha, grande rezadeira, Maku, Misu, o herói Puna, que com uma cotovelada havia matado uma onça, segundo contavam os antigos, e várias outras pessoas que nos eram próximas e queridas.

— Titio! — sussurrou Uembu, com os gigantescos olhos de breu cheios de lágrimas, e eu senti meu coração se partir em pedaços, ficar de cabeça para baixo e virar do avesso, perdendo instantaneamente a respiração.

— É o fim, realmente. Eu já esperava por isso — disse simplesmente Mukondo, tão baixinho, triste e encoberto de sombras que lembrava um espírito do mal. A tarde estava no fim e, naquele instante, me pareceu que a escuridão da noite que se aproximava nascia de seu suspiro.

Mas o que nem Mukondo esperava foi o que vimos

em seguida. Acontece que os chefes dos Aimimi conversavam com estrangeiros. Esses visitantes eram os Brancões, que a gente já tinha visto algumas vezes chegarem ao litoral, próximo dali, nuns barcos imensos, cheios de panos que ficavam pendurados em dezenas de paus altos como o tronco das mais gigantescas árvores.

Esses Brancões eram uma gente esquisitíssima. Para começo de conversa, eram feios de dar dó. A pele deles não era preta, como a de todo o mundo que se preza, mas branquinha, branquinha, assim que nem uma nuvem sem chuva.

Depois, eles cobriam o corpo com tanta roupa que era até uma indecência. Já tinha visto gente usar tanga, já tinha visto gente usar túnica e até turbante. Agora, a pessoa colocar um mundaréu de panos e cordões e mais umas presilhas, e tome couro para cobrir os pés e envolver a cabeça com uma coisa meio molenga que parecia massa de farinha, e vai mais tiras de tecido na barriga e isso e aquilo... era a primeira vez.

O pior é que eles tinham milhões de pelos cobrindo o rosto, pareciam bichos selvagens. Alguns, por algum motivo, tinham os lábios meio carcomidos e moles. E todos fediam muito, mas muito mesmo. Uma coisa era certa: de onde esse povo vinha, podia ter de tudo e ser uma lindeza, mas rio ou lago que era bom, isso estava em falta.

— Quem são esses monstros? — perguntou Uembu com a voz sumida, meio pálida e assustada.

— Espíritos dos mortos. E digo mais: pelo visto, só mesmo com um feitiço dos bons eles vão embora. Olha a cara... Ou estão com muita fome ou com muita raiva. Que gente mal-assombrada! — lamentou Mukondo, fazendo o mínimo de esforço para mover os lábios.

Mas eu já sabia que os Brancões, por mais que fossem mais horrorosos que um macaco sem braços, não eram espíritos coisa nenhuma. Tudo bem, eles tinham poderes mágicos. Por exemplo, andavam com umas coisas brilhantes que, quando queriam, soltavam fogo e podiam matar um animal a vários quilômetros de distância. E possuíam também umas facas imensas, capazes de cortar uma árvore grande e grossa com um simples golpe.

Agora, que eram gente feita de carne, isso eu sabia. Como a curiosidade sempre foi o meu forte e, além disso, tinha uma coceira nos pés que só passava quando andava muito para visitar lugares novos e diferentes, eu já havia feito amizade com um mini-Brancão — um Brancão pequeno, do meu tamanho mais ou menos, que vinha às vezes com os grandes nos barcos.

Esse Brancão, que se chamava Pedu ou Peredu, quando não estava no meio dos outros, maiores, passeava pela beira do mar e descansava sobre as pedras na areia. Foi assim que a gente se conheceu.

Ele era meio tonto da cabeça e não sabia falar direito (soltava uns sons estranhos pela boca que eu não conseguia entender), então a gente conversava com gestos, sinais e algumas poucas palavras.

Todas as vezes que o canoão dele aportava na praia, de meses em meses, a gente se via e passava algum tempo juntos, brincando de atirar pedras, fazendo riscos com galhos na areia e muitas outras coisas inúteis e agradáveis.

Não tinha contado isso para ninguém, porque os Brancões eram vistos com muito medo e se diziam coisas horríveis a seu respeito. A coisa mais amena que eu tinha ouvido sobre eles era que o pum de um Brancão parecia um vendaval e que dois puns seguidos deles podiam destruir uma floresta inteira, além de deixar um mau cheiro que durava cinco luas.

Mas até aquele momento, nunca tinham se metido com gente de nossa aldeia. E, como Pedu parecia ser uma pessoa, quer dizer, uma criatura... bom, fosse lá o que fosse, como parecia ser legal, eu até nem dizia que ele era feio e chegava mesmo a mentir, algumas vezes, apontando para ele e, depois, para o meu próprio nariz, sorrindo e falando que ele estava cheirando bem, coitado.

Segundo o próprio Pedu havia me dito, os Brancões vinham de terras muito, muito afastadas e, parece, passavam inúmeros dias navegando sobre o mar. Não acreditava bem nisso, porque todo o mundo sabia que uma canoa não podia navegar tanto sem ser destruída. Em todo caso, fingia que acreditava.

O que nunca tinha entendido mesmo, nem ele soube explicar, era por que vinham sempre a nossas terras e voltavam, e tornavam a vir. Então, olhando para os Brancões que conversavam com os Aimimi, fiquei tão espantado quanto meus amigos. O que será que queriam?

Mas não demorou até que tudo se esclarecesse. Primeiro, vimos quando eles deixaram uns barris cheios de um líquido que parecia água e algumas caixas fechadas no chão dos Aimimi. Em seguida, arrastaram os prisioneiros de nossa aldeia e seguiram com eles por entre as folhagens na direção do litoral.

— Pra onde será que eles vão? — falou Uembu, tremendo de aflição e tão linda no seu medo, que por um instante até pensei em dizer coisas terríveis e descrever cenários apavorantes, só para ver por mais tempo sua beleza radiante, maior do que a da luz da lua.

— Não sei. — respondeu Mukondo. — Mas com certeza pra algum lugar pior que esse. Talvez um lugar com fogo e espinhos, e raios, e flechas, e...

— Vamos atrás deles! — interrompi energicamente, desistindo do meu plano com relação a Uembu e chamando meus amigos.

Assim, sempre escondidos pelo bosque, com bastante cuidado, nós acompanhamos os Brancões de perto, até que eles chegaram ao ponto da costa em que atracavam os seus canoões e estacaram.

Meu coração estava acelerado. Àquela altura eu já tinha uma ideia do que estava prestes a acontecer, mas não queria acreditar. E esperava que um fato de última hora mudasse o rumo dos acontecimentos.

Foi só quando vimos nossos familiares e amigos, amarrados, empurrados e chicoteados, subirem chorando e se lamentando até o topo de um daqueles imensos barcos dos Brancões, que eu caí no chão, sofrendo com uma dor insuportável no peito, como se tivessem derrubado uma montanha sobre mim.

Era verdade. O que diziam, então, era verdade. Aqueles Brancões vinham pelo mar para levar gente presa em seus barcos até suas terras distantes. Gente que nunca mais voltava. Gente que simplesmente desaparecia, como o sonho quando a gente acorda.

E, dessa vez, os Brancões estavam levando os meus pais.

3.
A DESPEDIDA

A noite caiu e eu me encontrava com meus amigos no mesmo lugar, no bosque, olhando fixo para o local onde meus pais estavam presos e disposto a correr até a praia e enfrentar os Brancões.

— Eu vou lá! — dizia.

— Por favor, Tumbu, não faça isso — pedia Uembu com sua voz de pássaro que arrepiava os pelos de minha cabeça.

— Vamos voltar pra aldeia. Talvez lá a situação esteja até um pouco "menos pior" do que aqui. Mas eu duvido. Em todo caso, só resta essa opção — falou Mukondo.

— Nada disso. Eu vou lá! — repetia e me levantava num impulso, assim que o efeito da magia espalhada pelas palavras de Uembu havia passado, salivando de raiva e revolta. Mas, em seguida, ela insistia:

— Por favor, vamos voltar, Tumbu — e eu revirava os olhos, cheio de uma quentura boa que subia do estômago, dava duas voltas no coração, descia pela espinha e se enroscava nas tripas.

— Os Brancões vão acabar pegando a gente aqui. Vai

chover. Vamos ser comidos por um leão. Vamos ser devorados por uma onça. Vai cair um raio na nossa cabeça. O mar vai encher e nos arrastar. Vamos voltar enquanto é tempo — insistia Mukondo.

— Não, não e não. Eu vou lá! — teimava outra vez.

Mas, como a coragem nunca foi o meu forte, ficava parado, espumando de ódio, e não me decidia. Enquanto isso, cada um à sua maneira, os dois irmãos tentavam me persuadir.

Até que, por fim, ouvindo as razões de Uembu, que explicava tudo de maneira tão convincente, e as gentis palavras de Mukondo, que era mais velho, mais alto e mais forte que eu e ameaçava, delicadamente, me dar alguns cascudos e outras bordoadas se não voltássemos para a tribo, concordei em me retirar.

Para o que, também, contribuiu o fato de eu ter uma certa aversão à visão de relâmpagos e ao ruído de trovões, que começavam a estourar, prenunciando um temporal. Sendo assim, achei melhor acatar a decisão dos meus amigos e, tristes e abalados, nós nos pusemos a caminho de casa.

Quando chegamos lá, após uma longa caminhada debaixo de chuva, com os raios tornando meus passos mais rápidos que o vento, nossa aldeia não era a mesma. Mulheres e velhos choravam, homens discutiam e esbravejavam, algumas casas haviam sido destruídas.

— Meus filhos! — gritou Rila, a mãe de Mukondo e Uembu, correndo para abraçar os dois assim que os viu.

Meu avô Buta, um senhor pequeno e encurvado, me colocou no colo e chamou os parentes que ainda restavam para mostrar que eu estava bem e não tinha sido levado pelos Aimimi.

No total, os inimigos tinham capturado cerca de trinta integrantes de nossa tribo. A noite e a madrugada foram de muito choro, cantos e pedidos aos deuses para que viessem em nosso socorro e não deixassem os Aimimi, que eram muito mais numerosos e bem armados que nós, destruir nossa gente.

Infelizmente, porém, ou os deuses estavam muito ocupados por aqueles tempos ou sofreram de uma repentina surdez coletiva, porque já no dia seguinte os Aimimi continuaram sua caçada aos nossos parentes.

Nós, os Kuolela, tivemos que deixar nossas casas e entrar cada vez mais na selva, procurando abrigo. E assim se passou uma semana terrível, em que a cada dia sumiam mais pessoas da tribo. Nossos melhores guerreiros foram raptados e entregues aos Brancões.

Não tínhamos chance de nos defender e, muito menos, de contra-atacar. Vagamos sem teto, expostos às feras e ao tempo ruim. A tristeza tomou conta de nossa aldeia que, antes, parecia sempre em festa.

Até que, no sétimo dia de nossa tragédia, eu, que

não conseguia esquecer meus pais e ia diariamente, escondido, correndo todos os perigos, ver o barco em que estavam presos, eu que andava mais tristonho e pessimista que a lua minguante e o próprio Mukondo (se isso é possível), assisti à partida da canoa gigante dos Brancões, levando aqueles que tinham me posto no mundo.

— Não sei o que dizer, Tumbu — falou Uembu, que estava ao meu lado e me apertava contra o peito.

— Eu sei. Isso é uma grande porcaria! — disse Mukondo, cuspindo de lado.

Mas nem a companhia dos meus amigos, nem o perfume de noite que saía do cabelo de Uembu, nem o contato de sua pele de sono profundo, nem a música que saía de sua boca, nem seus silêncios de pedra foram capazes de diminuir minha dor. Prometi a mim mesmo que iria rever meus pais um dia. E, a partir daquele minuto, todos os meus pensamentos se voltaram para esse objetivo.

Àquela altura, após ter recuado muitos quilômetros no interior da floresta, nossa tribo enfim encontrou um local de paz, onde iniciou a construção de novas casas e reorganizou sua vida em comum. A caça pouco a pouco voltou a ser regular, foram preparados os roçados para o plantio e um riacho próximo nos oferecia sua água para tomarmos nossos banhos e matarmos nossa sede.

Eu estava na companhia do meu avô e de outros

parentes, a quem muito amava. Mas não estava feliz. Quase não falava, quase não brincava. Pouco participava das reuniões e cerimônias da aldeia. Fui ficando mais magro e fraco, a ponto de perder minha barriga pontiaguda de umbigo saltado, que antes contrastava com minha magreza.

— Não fica assim, Tumbu — pedia Uembu, alisando meu rosto e beijando minha cabeça com carinho.

Uembu era para mim mais que um sol por trás de outro, mais que as estrelas todas recolhidas na palma da mão. Segundo meu avô e outros antigos, ela tinha vindo ao mundo para mim e eu, para ela. Todos na tribo sabiam, desde quando éramos pequenos e não tínhamos aprendido nem mesmo a cantar, que eu seria seu homem e ela, minha mulher.

Uembu, com suas mãos de mar e seus dedos de onda, Uembu, com sua boca de fofo capim, Uembu, com seus rosas sonolentos de pôr do sol, seu aconchego de árvore e sua beleza de sombra fresca, nem Uembu conseguia me alegrar. Noite e dia, a todo momento, eu só pensava nos meus pais.

E então, passado quase um mês de agonia, em que ia todas as manhãs ao porto, surgiu o momento que tanto aguardava. Vi descer, de um daqueles barcos dos Brancões que não paravam de chegar ao litoral, o meu amigo Pedu.

Esperei por um momento em que ele estivesse livre do seu serviço e o encontrei caminhando na praia. Troquei com ele os costumeiros gestos e sinais.

Naquela noite, antes que Uembu e Mukondo fossem dormir, chamei os dois num canto. Primeiro, abracei meu amigo com força, mas tanta força, que ele reclamou:

— Ai! Se é pra me matar, é melhor atirar logo uma pedra!

E beijei e cheirei Uembu tão demoradamente que cheguei a ficar com câimbra.

— Mas o que é isso, Tumbu? Até parece que a gente nunca mais vai se encontrar na vida! — ela riu, uma gargalhada boa de água rolando da montanha.

Nenhum dos dois entendeu o que estava acontecendo. E talvez fosse melhor assim mesmo. Despedidas não são o meu forte.

Naquela madrugada, quando a aldeia toda estava mergulhada no sono, me dirigi ao litoral. Ali, Pedu, implorando silêncio, me levou com extremo cuidado para o interior da sua embarcação e me escondeu lá no fundo, dentro de um barril.

Depois de alguns dias no interior do esconderijo secreto, quando o barco finalmente partiu, eu chorava de tristeza pelos amigos e parentes que deixava para trás. Por outro lado, me sentia bem. Ia para as terras distantes dos Brancões à procura dos meus pais.

4.
MARES NUNCA DANTES NAVEGADOS

A travessia de barco foi a pior coisa que me aconteceu desde o dia em que tive uma dor de barriga e fiquei com o bucho verde e inchado, só me curando depois que minha falecida vó Fixi me deu uns caldos quentes que me fizeram suar vinte e quatro horas seguidas, ver todos os meus ancestrais já mortos, que olhavam para mim com extrema pena, e expelir dolorosamente uma substância estranha que tinha a consistência de rocha.

O lugar em que Pedu me colocou era uma caixa imensa, que fedia mais que vinte e cinco leões mortos. Ali, pessoas se aglomeravam, amarradas, suadas, sangrando e levando chicotadas dos Brancões quando reclamavam de alguma coisa.

As necessidades — cocô e xixi — eram feitas por toda parte e empestavam o ar de tal maneira que, no segundo dia, eu, cujo forte nunca havia sido a persistência, já tinha definitivamente esquecido meus planos e dado adeus aos meus pais — que os deuses os guardassem —, e me dispunha a me atirar no mar e nadar os muitos quilômetros que me separavam da minha terrinha querida, alegre e, principalmente, plana, que nunca balançava e sempre estava firme, grudada no chão.

Sim, porque não sei se vocês já foram trancados dentro de uma caixa e jogados em alto-mar. Mas, se não foram, eu explico: é a mesma coisa que amarrarem a gente de cabeça para baixo na barriga de um elefante em carreira desabalada. Com a diferença de que o elefante não cospe na cabeça da gente. Pois o tonel em que Pedu gentilmente havia me colocado, e pelo que lhe serei grato pelo resto dos meus dias, vez por outra era usado como escarradeira por um dos Brancões que davam chicotadas nos prisioneiros.

Banho era uma coisa que não existia e comida só aparecia raramente. De madrugada, quando as coisas estavam mais calmas, Pedu vinha na ponta dos pés e me entregava um bolinho de gosto péssimo e um caneco com uma bebida amarga e azeda, que só alguém muito esfomeado seria capaz de engolir. Era o meu caso.

Mais difícil que ingerir aquilo, só mesmo fazer com que o alimento ficasse na barriga. Porque, com tanto balançar, o mais das vezes ia tudo para fora do barril. Não que eu pudesse vomitar à vontade. Tinha que me concentrar bastante, distrair o enjoo, pensando nas coisas mais bestas, e só vomitar quando não tivesse nenhum dos Brancões por perto.

Com o passar dos dias, a comida, que Pedu rachava

comigo do pouco que recebia, foi ficando cada vez mais rara. Até que chegou uma hora em que eu comia um dia e passava outros dois sem comer. Então apanhava uma lasquinha de madeira ou um fiapo de pano e os chupava e mordiscava, imaginando que estava degustando a saborosa carne de um pato.

Todo aquele tempo dentro do barril também não é coisa que deixe o corpo da gente muito disposto. Sentia dores nos braços, nas pernas, no pescoço, por toda parte. Cheguei mesmo a pensar que tinha perdido para sempre a capacidade de andar, quando minha perna ficou dois dias dormente. Só acordou quando dei uma mordida na coxa — que, aliás, estava até um tanto apetitosa.

Dormir era quase impossível. Os gritos, os gemidos, os lamentos dos prisioneiros, as chicotadas e gritos dos Brancões, o ruído apavorante do mar, tudo isso era um tormento para mim.

Muita gente não resistiu à travessia e morreu de dor, saudade, fome, doença e sofrimento. Uma delas foi uma senhora magra e pequena, que apanhava constantemente porque não parava de chorar, um choro fininho. Quando morreu, dois Brancões simplesmente a arrastaram para a parte de cima do barco e atiraram seu corpo no mar, como já tinha visto fazerem antes com outros mortos. Ouvi o barulho, como o de uma pedra lançada na lagoa, e chorei.

Uma madrugada, dias depois desse episódio, soube através de meu fiel amigo Pedu que tínhamos chegado ao país dos Brancões. Pela manhã, os prisioneiros que restaram vivos foram retirados da caixa imunda onde nós estávamos. E, na madrugada seguinte, Pedu veio me buscar para saltarmos em terra firme.

Eu estava fraco, adoentado e faminto, mas meu coração saltava de ansiedade. Descemos até um barquinho que nos levou ao litoral. Havia muitas nuvens no céu e chuviscava. O mar ali tinha umas pedras bonitas a poucos metros da costa onde dezenas de barcos imensos estavam ancorados.

Na praia, enfileirava-se uma série de casas, numa quantidade que me assustou. Algumas, parecidas com as que já conhecia. Outras, muito retas, brancas, de pedra e madeira. Faltavam algumas horas para o sol nascer. Não havia quase ninguém no lugar. Mas vi algumas pessoas da minha cor, o que me deixou confiante.

Assim que desembarcamos, perguntei a Pedu onde poderia encontrar meus pais. Ele ficou muito espantado, soltou uns daqueles sons de bicho que costumava soltar e fez uma expressão de quem não sabia. Como não sabia? Ele era um Brancão, tinha que saber. Além disso, devia haver poucos negros ali.

“Não faz mal”, pensei. “Vai ver ele mora numa aldeia mais afastada. Pergunto por aí.” Eu estava morrendo de fome, dor e cansaço, e esperava que ele me levasse até sua casa, como se deve fazer com as visitas. Mas, que surpresa tive, meus amigos, quando Pedu me falou que não morava naquele lugar, e sim numa terra ainda mais longe e que precisaria enfrentar muitos dias de viagem para chegar a sua casa.

— Como? Então os Brancões não moram todos aqui? — perguntei espantado.

Ele me disse que não. Fiquei confuso.

— E agora? — quis saber.

Então ele me pediu que ficasse escondido no meio de uns matos e que o esperasse. Foi o que fiz. Meia hora depois, reapareceu com uma bacia de água e um saco cheio de umas frutas amarelas muito azedas, que tinham um caroço duro na ponta. Bebi a água e comi as frutas em poucos minutos. Ele riu muito da minha voracidade, me pediu que esperasse mais um pouco, e voltou novamente com outra bacia e o dobro de frutas.

Depois que comi mais um tanto, ele me acompanhou a um lugar afastado do litoral, um bosque de árvores espinhentas que ficava ao lado de um rio largo. Fez questão de repetir que eu ficasse escondido, acontecesse o que acontecesse. E que o aguardasse, porque mais tarde voltaria com mais comida e tentaria arranjar um lugar onde eu pudesse ficar.

Estava louco para procurar meus pais e não via motivo para esperar. Mas, como Pedu parecia um pouco aflito e sempre pensava no melhor para mim, concordei.

Fiquei ali, encostado no tronco de uma árvore, sendo picado por mosquitos e acompanhando a rota do sol, que logo nasceu. Até que aquela falta do que fazer e o calor cada vez mais intenso foram me dando sono.

Não sei quanto tempo dormi. Mas acordei da pior maneira possível: com os gritos, berros e urros de três Brancões, gordos e altos, que carregavam os paus brilhantes que soltam fogo e me apertavam os braços e o rosto.

Esbravejando, eles me arrancaram de onde estava e me levaram, aos chutes e pontapés, com as mãos amarradas nas costas, na direção do litoral. Tinha sido capturado. Estava preso.

5.
EM TERRA FIRME

Era já começo de tarde e aquela aldeia de pedra e madeira estava cheia de gente. O que primeiro me chamou a atenção foi como havia pessoas de cor preta e de cor branca misturadas, andando de um lado a outro e fazendo mil coisas. Coisas tão novas que eu não entendia direito.

Por exemplo, vi mais de um Brancão sentado sobre uma moldura de madeira ou deitado sobre panos, sendo carregado por negros. Os primeiros se vestiam com aquela imensa quantidade de roupas que já tinha visto. Os outros, com trajes semelhantes aos da minha terra. De imediato, dava para perceber que os de pele branca é que eram os chefes do lugar. E também que, por uma grata intervenção dos deuses, os Brancões daqui não fediam tanto.

Enquanto era arrastado por entre as casas na direção do porto, procurava um rosto conhecido, alguém da minha aldeia. A maioria das pessoas me olhava com curiosidade ou raiva. Algumas gritavam esquisitices, parecidas com as de Pedu.

Ao que parece, eles achavam que eu tinha roubado aquelas frutas de sabor horrível. Tentei explicar que eu não tinha tanto mau gosto assim, mas ninguém parecia entender. E não encontrava nenhum conhecido.

Isso principalmente me espantava. A quantidade de pessoas daquela aldeia era imensa, uma multidão como nunca tinha visto. Onde estavam os meus pais? Onde estava Pedu, que podia explicar a situação?

Ia atravessando no meio do povo. Via passar por mim uma grande quantidade de negros suados. A maioria carregava alguma coisa nos ombros: cestos, tonéis, trouxas de pano, lenha. Ou então estavam parados, gesticulando e falando diante de tabuleiros de frutas e comidas.

Vi também vários Brancões sentados sobre uns animais imensos, parecidos com uma zebra, só que inteiramente marrons ou brancos. Eles usavam uma cordinha para controlar o bicho, que não se incomodava com o peso deles. Meus olhos não paravam quietos. Tudo era muito colorido, estranho, diferente, confuso.

Quando finalmente chegamos à praia, os homens pararam. Num canto, vi que um moço de pele negra, nu, estava amarrado a um tronco, sendo chicoteado violentamente por outro. E só então é que, pela primeira vez, tive noção do que estava para acontecer comigo. Entrei em pânico.

Muita gente chegava para ver o homem ser castigado. Jovens, velhos, mulheres, crianças, brancos, pretos e uns sujeitos que se vestiam com muitas penas e pintavam a pele avermelhada com cores diferentes. Senti o corpo gelar. Levar surras nunca foi o meu forte.

Olhava para um lado e para outro, procurando uma maneira de escapar, mas não havia como. Além de ter as mãos presas, um dos Brancões me segurava firmemente pelo ombro. Um pouco mais ao longe, sobre uns caixotes de madeira, vi que os prisioneiros que tinham vindo comigo no barco estavam alinhados lado a lado, com argolas e correntes no pescoço, braços e pés. Meu coração ficou ainda menor.

Foi então que uma senhora de rosto enrugado se aproximou de mim e, agachando-se, com os olhos apertados, falou uma frase clara:

— Como é o seu nome, meu filho?

Demorei para me recuperar do susto de ouvir uma pessoa que falava como eu, porque já tinha perdido as esperanças de conversar com alguém que falasse de um jeito decente.

— Desculpe, mas eu posso lhe fazer uma pergunta? — suspirei.

— Sim — disse ela, baixinho e com o rosto tenso, como se não quisesse chamar a atenção dos Brancões que me prendiam.

— Me diga, por favor, se a senhora é desse mundo, porque de assombração já me basta a que esse povo de pele clara vem me fazendo, viu? — continuei impaciente. — Se for espírito, muito agradecido pela lembrança, mas eu já me apavorei o suficiente.

Ela sorriu um sorriso de um segundo e voltou a falar, tensa como antes:

— Onde você escondeu, meu filho?

— Ahn?

— O ouro... Onde você escondeu? Conte aqui pra titia, sim? Eu posso ajudar você. Me diga onde escondeu as moedas desse senhor — continuou ela, apontando o queixo para o grandão que me segurava —, e eu falo com ele, peço pra não lhe dar o castigo. Mas você precisa contar pra titia onde escondeu...

— Se a senhora pode me ajudar, titia, por favor, me ajude. Eu gosto tanto dessa pele que cobre o meu corpo!...

— Meu bem, eu sou pobre, estou passando fome, preciso muito desse ourinho, se você pudesse me...

Ela não concluiu o que dizia, porque um dos Brancões a empurrou para longe com um safanão, no mesmo momento em que o negro que estava sendo chicoteado foi tirado do tronco e levado embora por dois homens.

Era a minha vez. Arrancaram minha roupa. Amarraram meu corpo ao tronco. O negro que tinha dado chibatadas no outro vibrou o chicote no ar e se aproximou

dos Brancões que tinham me arrastado até ali. Um deles lhe passou umas bolachinhas brilhantes, que ele guardou na calça. E, agradecido, se virou para mim e me encarou com uns olhos amarelados que diziam assim: "Tumbu, ah, Tumbu, como eu quero te dar umas lambadas boas!".

O sujeito aplicou chicotadas no chão: uma, duas, três vezes. E, quando eu já achava, alegre, que ele tinha mudado de alvo, voltou a me encarar, recuou o corpo e se preparou para me desfechar um golpe.

Fechei os olhos, esperando a pancada. Ouvi um urro. Achei que tinha sido eu mesmo que tinha gritado. Apertei ainda mais os olhos. Ouvi outro urro. Pensei: "Isso vai doer tanto que meus gritos estão vindo antes de eu apanhar". Mas no terceiro berro, intrigado, abri os olhos.

Então vi que quem gritava, na realidade, era Pedu. Ele estava no alto de uma árvore ali perto e apontava freneticamente na direção dos barcos dos Brancões. Não sei o que disse mas, pelo jeito, deve ter falado algo sobre o fim do mundo, porque de repente todos os que estavam aguardando pelo meu castigo, inclusive o negro com o chicote, desembestaram para lá.

Quando se afastaram um pouco, meu amigo saltou para o chão, veio até mim e, com uma faca, cortou as cordas que me prendiam ao tronco. Em seguida, me deu um abraço apertado e sussurrou, na minha língua:

— Amigo... — depois, apontando para longe, me deu um empurrão e falou: — Corre!

Meio abobado, tive tempo de ver que ele se escondia atrás de uma casa de pedra, e disparei. Nisso, um dos Brancões me viu, chamou outros e vieram atrás de mim.

Corri o mais que pude. Porém, correr nunca foi o meu forte, de maneira que os Brancões se aproximavam cada vez mais. Estavam a poucos metros quando alcancei a floresta espinhenta que ladeava o rio e de onde tinha sido arrancado de meu sono antes.

Encurralado entre o rio e as árvores, só me restava mergulhar e tentar nadar até a outra margem. No entanto, o rio era largo e nadar... bom, nadar nunca foi o meu forte. Meus perseguidores se aproximavam. Seria capturado a qualquer momento.

Então ouvi um assobio. Olhei para os lados e vi um homem sentado sobre uma canoa, na areia, acenando para mim. Corri até ele, que fez sinal para que me enfiasse deitado no barco. Obedeci. Ele me cobriu com panos.

Pouco depois, ouvia as pisadas dos que me seguiam. Tremi. Mas os Brancões, tão bobos, coitados, passaram direto, sem me ver.

Estava salvo.

6.
SALVO?

Depois de apalpar cada pedaço do meu corpo e me certificar de que ainda estava vivo, pus a cabeça para fora da manta que me cobria e encarei o sujeito sentado na proa da canoa. Tomei um susto e voltei a me cobrir. Por fim, descobri a cabeça novamente e fiquei olhando estarrecido para o seu rosto.

O homem tinha pele negra mas, curiosamente, seu cabelo era liso e longo como o dos Brancões. Seus lábios eram grossos e bonitos, mas os olhos, apesar de pretos, eram puxados para os lados. Ele era magro, devia ter uns quarenta anos e tinha um pequeno objeto de barro no canto da boca, de onde saía muita fumaça. Tive medo de que ele estivesse pegando fogo. Mas não disse nada. Era uma figura esquisitíssima: nem negro nem branco.

Após alguns segundos me encarando, ele abriu um sorriso que mostrava uns poucos dentes amarelados e urrou um som daqueles dos Brancões. Quando viu que eu não entendia seu grunhido, ficou mais civilizado e disse:

— Uncê num é da terra? Uncê vem de África?

Achei engraçada a maneira como ele falava, porque parecia um pouco com a língua do pai do meu avô Buta e tinha umas estranhezas no meio. Mas no geral dava para entender. Respondi:

— Não sou daqui, não. Vim atrás dos meus pais, senhor.

— Atrás duns pai, né? Eh, eh, eh! Vem comigo, curumim. Vem que vô le arrumá pai e mãe e teto pá ficar.

Não sei o que ele achou tão divertido, mas aquelas palavras soaram para mim como o sol mergulhando num lago de luz. Meu coração ficou quente, meus braços caíram relaxados e umas lágrimas saltaram dos meus olhos de pura alegria. Pela primeira vez alguém daquela terra falava dos meus pais. Voltei a ter esperança.

— O senhor conhece os meus pais? — perguntei, ficando em pé na canoa.

— Ih, ih! Conheço pais, sim. Vai tudo ficá bem, curumim. Num tenha medo. Meu nome é Elia. Me acompanhe, apois não.

E dizendo isso, pegou da minha mão, se levantou e nos pusemos a caminhar pela beira do rio. Andamos coisa de dois quilômetros, até uma curva de onde dava para ver, ao longe, a junção do rio com o mar. Sobre o barranco, havia uma pequena cabana de barro e palha, com um bicho parecido com as zebras dos Brancões, mas um pouco menor e mais feio, amarrado a um pau do lado de fora.

— Minha casa — explicou Elia, sorrindo com um canto só da boca, e me levou até lá.

A paisagem daquelas localidades me chamou muito a atenção. Era um país inundado, um país de águas. Para todo lado que olhava via rio e mar e lagoa e lago. A areia que a gente pisava estava sempre molhada e infestada daquelas plantas espinhentas de folha miúda. Era uma terra lisinha, não tinha subidas nem descidas e não enxergava montes à minha volta. Tudo reto, tudo plano e encharcado. Os Brancões viviam como peixes.

Entramos na casa de Elia, que não era muito diferente das da minha tribo, e ele me apresentou sua mulher e os nove filhos, que se amontoavam uns sobre os outros, brincando, e assim que me viram fizeram um silêncio de pedra. A mulher e as crianças eram daquele povo que eu tinha visto pouco antes: tinham a pele avermelhada, os olhos puxados, os cabelos lisos, mas não estavam pintadas nem usavam penas.

O curioso é que ele falou com ela nuns gemidos lá que não eram os mesmos daqueles que os Brancões usavam. Os dois discutiram durante algum tempo, ela não parecia muito feliz. Enquanto isso, passei os olhos pelas crianças, que tinham todas as idades e todos os tamanhos, me apontavam, cochichavam e riam.

Por fim, com a mulher já mais calma, Elia me deu uma roupa igual à dos seus filhos, para que me vestisse, dizendo:

— Sente, curumim, sente. Deve de estar cum fame. Vamo fazer a ceia, venha.

Nisso, ela saiu para os fundos da casa e eu me sentei no chão com ele, que tinha acabado de acender de novo aquela pedra fumarenta que nunca terminava de comer. Os meninos e meninas voltaram à algazarra anterior. Vez por outra, um deles vinha até mim, me cutucava, alisava ou lambia, curioso. E a verdade é que, por duas ou três vezes, tive vontade de dar um cascudo no menorzinho ou, pelo menos, morder sua orelha. Mas me controlei, em respeito ao dono da casa que me acolhia tão bem.

Este, depois de dar umas baforadas, chamou o mais velho dos filhos e cochichou algo no ouvido dele. Logo o menino, que devia ser uns cinco anos mais velho que eu, deixou a casa, subiu no bicho que estava amarrado do lado de fora e se afastou, galopando. Quando não ouvíamos mais as patas do animal ferindo a areia molhada, Elia me perguntou:

— Uncê tem amigo per aqui nessas terras?

— Tenho sim, senhor. Pedu, que me trouxe no barco com ele. Mas já tá de partida. E meus pais. Será que o senhor pode me levar até eles?

Elia revirou os olhos, espantado, e, após um silêncio, disse com raiva:

— Menino num sabe o que diz. Os branco pegam uncê, curumim. Os branco é terrível e bate, bate em menino assim sem pai.

— Mas eu... eu preciso ir pra perto dos meus, Elia. Talvez se o senhor falasse com os Brancões e...

Ele cortou o que eu dizia com um gesto violento da mão no ar. E em seguida passou a narrar uma série de coisas espantosas.

Aquele lugar ali onde estávamos se chamava Roicife e era só um dos milhares de lugares que os Brancões dominavam em todo o país. Os negros que eram presos e trazidos para cá, não vinham apenas da região de onde eu vinha, não senhor. Segundo ele, eu tinha nascido num lugar imenso chamado África e de todas as partes dali estavam vindo prisioneiros para trabalhar para os Brancões — gente que podia até ter pele preta, mas falava línguas estranhas e vinha de lugares distantes milhares de quilômetros da minha aldeia.

Quando chegavam aqui, por outro lado, eram espalhados, cada um numa aldeia diferente, cada um trabalhando para um Brancão diferente e nunca mais viam os companheiros da terra natal, nem parentes nem amigos, nada. E que eu ficasse sabendo que aquele era um lugar muito perigoso, que não tinha ninguém no mundo que os Brancões odiassem mais que os de pele negra, a não ser talvez os de pele vermelha, e que tudo o que eles faziam era chicotear e bater e maltratar, aprontar todo tipo de maldade e estripulia com quem fosse negro.

Ali onde estávamos era o Roicife, sim, mas mais acima no litoral, sobre o morro, ficava uma aldeia ainda maior, muito rica, onde os Brancões andavam com roupas brilhantes e muito luxo. Mais para dentro da selva, existiam outros lugares parecidos. Enfim, por toda parte os Brancões dominavam, mandavam, e os negros tinham vindo de montão para servir.

Impressionado com o que ouvia, falei:

— Sempre achei que esse Brancões fossem meio tontos da cabeça, mas a pessoa não saber plantar, nem colher, nem caçar, nem pescar e precisar trazer uns povos lá do outro lado do mundo, só pra fazer isso por eles, é burrice demais! Por que é que eles não pedem pra gente explicar como se faz? Aí eles aprendem e a gente volta pra nossa terra em paz, pronto. E o que foi que a gente fez, pra eles tratarem a gente tão mal?

Elia então explicou que os Brancões até sabiam colher e caçar e fazer muitas outras coisas, como construir aquelas armas que soltavam fogo e os barcos grandes de madeira e pano, mas que, por algum motivo que não entendi, preferiam usar os negros para realizar esse trabalho.

— Que gente preguiçosa! — suspirei.

Naquele instante a mulher de Elia voltou, trazendo umas cumbucas cheias de peixes fritos e mingau, e todos nos pusemos a comer, calados. A comida estava deliciosa e amoleceu o meu corpo. Afinal, comer sempre foi o meu forte.

Quando acabamos de comer, falei:

— Muito obrigado, Elia. Estava tudo muito bom, tudo ótimo e sua casa é uma beleza. Mas será que agora o senhor pode me levar aos meus pais? Estou morrendo de saudade!

Ele riu muito da minha proposta e em seguida explicou:

— Pais do menino mora longe, muito longe de aqui. Meu filho Jeão, que ancabou de sair, foi justamente atrás deles, mas eles só vai chegar aqui depois de uns dia. Curumim fica com nós anté a chegada da gente que vai le levar a seus pai.

Respirei fundo. Que iria fazer? Se era o jeito, tinha que esperar. Àquela altura, a noite já tinha caído e eu voltei a ter sono. As crianças saíram de casa para brincar. Elia sumiu por uns instantes, pedindo que não me movesse do lugar, e voltou minutos depois com uma tira de cipó.

Disse que de maneira nenhuma eu deveria deixar a sua casa, que se qualquer Brancão me visse, eu estaria perdido e poderia dar adeus ao reencontro com meus pais. Por isso, iria amarrar meus pés a um pedaço de pau, para me proteger.

Eu, que sempre fui muito curioso e levado por pensamentos de momento, achei muito justa a preocupação do meu novo amigo. E agradeci a ele, mais uma vez, tudo o que estava fazendo por mim.

Assim, permaneci com Elia durante alguns dias, sempre dentro de casa. Tinha uma vontade tremenda de passear pelos arredores, mas o cipó não permitia que eu caísse em tentação e acabasse aprisionado pelos Brancões.

Nunca mais comi tão bem quanto no primeiro dia. Elia me explicou que certas comidas faziam mal ao povo da África, então tinha de comer daquelas malditas frutinhas azedas, enquanto todos se fartavam de peixe. Mas acabei ficando amigo das crianças e a amarra até servia como um bom brinquedo.

Uma bela manhã, de repente, apareceu na casa um homem branco com alguns negros. Tinham sido mandados por meus pais.

O sujeito olhou meus dentes, arregalou meus olhos, apalpou minha barriga, vasculhou meu cabelo, me virou em todas as posições e, por fim, fez um aceno com a cabeça para Elia. Depois, entregou a ele um saco com aquelas bolachinhas brilhantes, que eu já tinha visto antes. Elia ficou satisfeito.

Despedi-me dele, de sua mulher e dos seus filhos. Eu estava feliz e agradecido. Ia finalmente rever minha família.

7.
O ENCONTRO COM OS PAIS

A viagem por terra durou alguns dias. O Brancão, que parecia ser o chefe do grupo, ia montado no bicho de pele lisa lá dele, acompanhado por dois negros, também montados em animais parecidos. O resto dos negros ia comigo atrás, presos por cordas — novamente uma precaução para que não nos perdêssemos.

Após andarmos muitas léguas, um belo dia subimos numa canoa, não tão grande como a que tinha me trazido para o Roicife, mas de tamanho suficiente para caber todos nós, mais a carga, mais os bichos.

Levamos outros tantos dias para descer o rio. Os negros que estavam amarrados comigo não conversavam muito e pareciam meio tristes. Talvez não gostassem dos pais. Um deles até me explicou que tinham fugido de casa e seriam castigados na volta. Quanto a mim, meus pais não eram severos como os deles, então estava contentíssimo com a perspectiva de revê-los. Tanto que nem me importava com o fato de o Brancão e seus dois amigos não nos servirem água e comida suficientes.

Sendo assim, ia apreciando a paisagem por onde passávamos, com árvores e bichos tão diferentes dos que estava acostumado a ver. E até cantava algumas músicas de minha terra, quando chegava a tardinha. Hábito que larguei nos primeiros dois dias, depois que levei uns cascudos do Brancão — o qual, pelo visto, não gostava de música.

Não gostava de música, mas estava me levando aos meus, e era isso o que importava. No final das contas, ia percebendo, não existiam apenas Brancões safados e preguiçosos, que tinham vindo ao mundo apenas para chicotear e bater em pessoas negras. Havia também Brancões amigos, como o que estava me ajudando. Um tanto impacientes e mudos, é verdade, mas amigos. E, como já havia me dito meu avô Buta, amigo a gente respeita.

O certo é que, ao final de nossa jornada, finalmente chegamos à aldeia onde estavam meus pais. E que aldeia, meus companheiros! A casa, toda de pedra e pintada de branco, era imensa. Ao seu lado tinha uma casinha comprida, alta, com uma cruz em cima e uma reta infinita de casinhas grudadas, também pintadas de branco.

Muitos negros passeavam por ali. Outros, sobre os montes, capinavam a terra, cheia de umas plantinhas verdes, altas e fininhas. Um pouco afastada, mais uma casa, imensa, onde negros atarefados mexiam numa panela gigantesca, de onde saía muita fumaça. E, próximo, um cercado onde ficavam bichos de quatro patas, gordos e grandes como hipopótamos.

Chorei de alegria. Sabia que nem tudo o que falavam dos Brancões era verdade. Ali estava um lugar cheio de gente de minha cor, que passeava livre, sem argolas ou correntes, e trabalhava sem aflição.

É certo que um ou outro Brancão se metia no meio deles, estalando chicotes, segurando aqueles paus de fogo. Mas já tinha aprendido que os Brancões eram um povo muito exibido, que adorava mostrar que mandava em tudo. Também havia ali aquela gente de pele avermelhada, pintada e cheia de penas, carregando arcos e flechas.

Assim que pus os pés para fora do barco, procurei em toda parte, com olhos aflitos, meus pais no meio dos negros. O coração saltava como o de uma caça acuada, suava mais que pedra onde corre bica.

Os homens nos arrastaram por entre a multidão e vi que nos levavam para a grande casa, que ficava no centro da aldeia. À medida que nos aproximávamos, vi que ali, deitado num pano balançante, sendo abanado e apalpado por três mulheres negras, um Brancão descansava de olhos fechados.

Subimos as pedras que levavam até a frente da casa, que ficava suspensa. O Brancão que nos conduzia tirou o pano molenga que cobria a cabeça e se aproximou do seu companheiro, que estava deitado.

Este então abriu os olhos, fez um gesto de espantar mosquito e as três mulheres se afastaram apressadas para o interior da casa. Ele ouviu os grunhidos que o outro lhe dirigia e, por fim, encarou um a um os membros de nossa comitiva.

Quando chegou a minha vez, se demorou, me olhando com cara de quem cheirou um pum, e fez um sinal que não entendi. Também não precisei de muito tempo para compreender, porque logo um dos negros que não estavam amarrados me ajudou. Dando um sutil empurrão nas minhas costas, me fez tirar os pés do chão e cair sobre o colo do Brancão que estava deitado.

Sem mudar de posição, ele me levantou pelas orelhas e agiu comigo da mesma forma que o outro, lá na casa de Elia: meteu o dedo na minha boca, deu um peteleco na minha garganta, beliscou o meu peito e fez uma série de outras coisas estranhas, que era a forma dos Brancões cumprimentarem as pessoas que acabavam de conhecer.

Feito isso, ele urrou uma série de sons sem sentido para o outro Brancão, que lhe devolveu uns dois ou três chiados. Em seguida, este último gritou algo e os negros amarrados foram levados pelos dois libertos de volta para o chão e sumiram de minha vista, enquanto eu, depois de ter as mãos desamarradas, fui conduzido por ele mesmo para o interior da casa.

Aquele momento foi um dos mais felizes de minha vida, pois entendi que, a partir de então, não precisaria mais ficar preso, os Brancões não me ameaçavam como antes, poderia passear livremente por onde quisesse, como na minha aldeia natal. Por outro lado, nunca serei capaz de descrever direito o espanto que me tomou ao me ver dentro daquela casa.

Primeiro, o chão do lugar era duro, de pedra. E, por toda parte, havia diversos objetos de madeira, umas cuias diferentes, umas coisas brilhantes de onde saía fogo, uns panos coloridos no chão e nas paredes — que eram muitas e atravancavam o caminho —, uns bonecos parecidos com os que usávamos lá na aldeia para fazer nossos rituais, só que brancos.

Abobado com tanta novidade, cheguei aos fundos da casa, onde o homem me fez sentar num objeto duro de quatro pernas que ficava em frente a outro, maior e mais largo. Ali, uma senhora negra, gorda e sorridente me abraçou, me beijou, fez carinho na minha cabeça, alisou meu queixo e disse, numa língua que entendi:

— Está com fome? Lindinho! Vou servir uma comida pra você.

Tudo isso me deixou muito confuso, porque eu já estava esperando levar uma bordoada ou duas ou ter pelo menos a bochecha mordida. E fiquei aguardando, ressabiado, o momento em que ela iria finalmente usar da cordialidade dos Brancões.

Mas, não. Dali a pouco ela colocou a comida à minha frente, dentro de uma cumbuca de ferro. Era uma carne que tinha gosto de pássaro, acompanhada de uns grãos esquisitos — amarelos, secos — e de uma raiz massuda, meio acinzentada.

— Se quiser mais, me diga, lindinho — falou então, e voltou a beijar minha testa.

— Onde estão os meus pais? Vai demorar muito para a gente se ver? — perguntei, enquanto devorava a comida, que estava deliciosa.

— Seus pais? Sua senhora está chegando amanhã pela manhã, querido.

— Senhora?! E meus pais? Quero ver os meus pais!

— Coma, lindinho, coma. Depois você vai descansar um pouco. Veja, tudo vai acabar bem.

Disse isso, balançou a cabeça e, rebolando seu bumbunzão, saiu da casinha em que estávamos. Sim, porque, naquela casa enorme, era como se houvesse várias casinhas menores dentro, com aberturas umas para as outras.

Comi tudo o que estava na minha cumbuca e lambi os restos, pensando na forma incomum como ela tinha se referido aos meus pais. Senhora? Que era aqui-

lo de "senhora"? Que gente maluca! Mas não me demorei muito investigando o assunto porque, afinal de contas, já tinha percebido que, naquele país, as coisas tinham nomes diferentes.

Quando voltou, me serviu mais um pouco de comida e eu, só para agradar, devorei tudo. Por fim, ela disse:

— Meu nome é Madá. Se precisar qualquer coisa, estarei aqui para você. Agora, lindinho, venha comigo. Vou levar você até o lugar onde vai dormir. Amanhã você vai conhecer sua senhora.

E, falando assim, me levou até aquela fileira enorme de casinhas que ficavam ao lado da casa principal. Já estava de noite e eu, depois que me acomodei num canto de chão, ao lado de dezenas de outros negros, dormi feliz, aguardando a manhã seguinte, que me faria finalmente encontrar os meus.

Antes de me deitar, perguntei a um ou outro sobre meus pais, mas ninguém parecia conhecê-los. Alguns me asseguraram que eles não estavam ali. A princípio, fiquei preocupado. Mas depois não liguei muita importância àquilo, afinal a aldeia era muito grande — provavelmente nem todos se conheciam.

Na manhã seguinte, a própria Madá veio me buscar para me mostrar "minha senhora", como ela dizia. Levantei do chão num pulo e segui com ela para a casinha que ficava logo na entrada da casa central.

Ali, me deparei com uma Brancona, que estava ao lado de duas crianças da mesma cor. Ela me estendeu a mão, que tive de beijar.

Sem dúvida, era a minha senhora. E logo descobri, com uma dor no peito, que dali por diante aquela mulher de pele branca iria mandar em mim.

Não vi a minha mãe. Não vi o meu pai. Tinha sido enganado. Eles não estavam naquela aldeia.

8.
ESCRAVO

Algum tempo depois, descobri que aquela Brancona se chamava Donana e mandava na aldeia. Era a mulher do Brancão que vi deitado no dia em que cheguei, mas que passava muito tempo fora, viajando. De maneira que, diziam, o homem ali era ela. Mais uma dessas coisas de Brancões, que nunca entendi direito e também não fazia questão de entender.

Donana tinha me trazido à aldeia para servir de amigo para Rodriguinho, seu filho, dois anos mais novo que eu. Ela não parecia ser exatamente uma mulher má. Seu caso era mais de loucura mesmo. Lá na minha tribo, tinha o velho Rilaji, que em noite de lua cheia costumava uivar pelos campos e andar de quatro, chegando mesmo a fazer xixi levantando uma perna e lamber o corpo para se coçar.

Que eu soubesse, Donana não uivava, talvez no máximo latisse. Mas a verdade é que era uma pessoa que se transformava facilmente, assim como quando o dia ensolarado se enche de nuvens e chove ou, ao contrário, quando a chuva se vai e o sol varre as nuvens para longe.

Ela ria muito alto, dançava espalhafatosamente, girando os braços no ar, e cantava com uma voz bonita e possante. Até que era uma pessoa de certo carinho para com os de pele negra. Fazia alguns agrados na minha cabeça e deixava homens negros dormirem na casa principal da aldeia, quando o marido estava viajando.

Mas no meio de uma risada, muitas vezes, como se tivesse levado um beliscão, fechava o rosto, seus olhos cresciam, sua boca se apertava e ela virava uma leoa brava, atirando objetos por toda parte e com tal fúria, que não havia força no mundo capaz de acalmá-la. O melhor era deixar que se cansasse e caísse no chão, depois que todos os espíritos já tinham deixado seu corpo.

Nas horas de alegria e festa, poucas pessoas no mundo eram tão agradáveis e bonitas como Donana. Nas horas de raiva, de ódio suarento, ninguém conseguia ser tão perverso quanto ela. Nesses momentos, podia mandar chicotear um negro escolhido ao acaso no campo só pelo prazer de vê-lo sangrar.

Certa vez, no meio de uma brincadeira, quando eu, Madá, outras negras e os meninos brincávamos no campo, ela, sem anúncio ou motivo, me atirou com tanta violência contra o tronco de uma árvore e avançou sobre mim com tais garras e salivas, que só não me machuquei muito porque Madá, que sempre intervinha em meu favor nessas horas, me salvou.

Contra os filhos é que nunca dizia nada, fazia todas as suas vontades. Rodriguinho, verdade seja dita, era um baita de um bobalhão, que passava o dia inteiro dando pinotes sobre a minha cabeça, me fazendo de montaria, me batendo com uma vara e, quando estava meio chateado da vida, me queimava com brasa quente para se divertir um pouco.

Assim que cheguei, como não entendia direito o sistema, na primeira vez que ele me aporrinhou, dei um tapão no ouvido do pobre que deve tê-lo deixado surdo por pelo menos uma semana. O que não foi muito inteligente da minha parte, já que, quando a mãe viu o menino chorando no chão com uns olhos de quem acompanhava o voo de mosquitos ao redor de sua cabeça, urrou não sei que provérbios incompreensíveis e me mandou castigar de tal maneira, que durante muito tempo só consegui dormir de lado.

E assim a coisa funcionava. Rodriguinho queria me dar um tapa no rosto? Eu tinha que deixar o bobão sentar a mão na minha cara, sorrindo e dando a entender como era boa uma pancada do senhorzinho no meu rostinho, que afinal de contas era feito de pedra e insensível à dor.

Rodriguinho queria chutar o meu traseiro? Mas ora, meus senhores, se o meu lindo bumbum não tinha sido esculpido pelos deuses justamente para ser chutado por menininhos burrinhos e com cara de azedo! Por favor, ioiô Rodriguinho, chute. Mas chute com força, hein? Da última vez a marca do seu pezinho nem ficou no meu corpo!

Pior que o tal Rodriguinho, porém, era a irmã dele, Carolina, um ano mais velha que eu. Essa era chata. E quando digo chata, por favor, entendam: era uma chata das mais chatas que a chatice já conseguiu produzir. Qualquer pessoa que já viu a cara de uma onça quando um bando de macacos, em cima de uma árvore, fica atirando pedaços de galhos na cabeça dela, pode entender como a presença da menina me irritava.

Para começo de conversa, ela tinha voz fina. Sempre odiei gente de voz fina. Quando falava, tinha a impressão de que mil abelhas saíam de dentro de sua boca e entravam diretamente nos meus ouvidos, zunindo, zunindo. E a infeliz não podia fazer nada no mundo sem a minha presença.

Ia dar um passeio no campo? Tinha que ser com o Bento. Ia catar flores no mato? Chama o Bento. Estava cansada e precisava de alguém para levá-la nos braços até a casa? Bento, Bento, Bento. Eu já esperava o dia em que a senhorinha estivesse com dificuldade para urinar e chamassem o Bento para fazer xixi no lugar dela.

Bento, no caso, era eu mesmo. Pouco adiantou insistir e dizer que me chamava Tumbu. Eles não acreditaram. Um belo dia, chegou por lá um sujeito com um vestido preto. Fui levado para a casa que tinha uma cruz em cima e, quando menos esperava, ele tentou me afogar numa bacia. Com grande sacrifício, escapei de sua mão e sobrevivi. Mas desde aquele dia, todos passaram a me chamar de Bento. E Bento fiquei.

Com o passar dos dias, comecei a entender que, afinal de contas, os urros e gemidos que os Brancões soltavam faziam algum sentido. A verdade é que eles chamavam todas as coisas por outro nome. Achava isso de uma tolice fora do comum. Ora, se os objetos já tinham um nome bonito, que todo o mundo conhecia, para que dar outro nome para eles? Tentei protestar no começo e mostrar que estavam dizendo tudo de maneira errada. Mas, depois de dois ou três cascudos, desisti. E, no final, já estava falando trocado também, e até recebia elogios, porque a imitação sempre foi o meu forte.

E assim, à base de muitos castigos, prisões, carões e chicotadas, foi que passei a entender como funcionavam as coisas na aldeia dos Brancões. Antes de mais nada, era preciso fazer o que mandavam, na hora em que mandavam, sem reclamar e benfeito. O que não era muita garantia, porque mesmo se a coisa tivesse sido benfeita e você tivesse seguido as regras direitinho, podia acabar apanhando de todo jeito.

Como Elia já tinha me dito, os negros faziam todo o serviço da aldeia. Quer dizer, quase todo. Os brancos tinham o difícil trabalho de comer a melhor comida, usar as melhores roupas, juntar uma fortuna de bolachinhas brilhantes, mandar numa centena de negros, ser abanado, ter os piolhos catados e desempenhar uma série de outras atividades estafantes.

O principal encarregado de castigar os negros era Jerono. Ele vigiava a nossa gente e, se algum dos nossos escapava, procurava o infeliz onde quer que estivesse e o trazia de volta para a aldeia, para ser castigado.

Esse Jerono era tão ruim que diziam já ter visto muita cobra lhe desejar bom-dia e até uma onça pedir desculpas por ter cruzado seu caminho. Tinha um olho cego, pelos nas ventas, várias cicatrizes no corpo e andava num passo manso e manco. Não havia negro que não sentisse medo dele ou que não tivesse sofrido com seus castigos pelo menos uma vez.

Sempre que eu o via, me escondia. Afinal, bravura nunca foi o meu forte. Mas, por sorte, passava a maior parte do tempo dentro do casarão, divertindo Rodriguinho e Carolina com meu corpo resistente.

Um belo dia — fazia já mais de um ano que eu estava ali na aldeia, chorando todas as noites, tentando fugir de todas as maneiras, sofrendo todo tipo de privação — um belo dia Carolina se aproximou de mim e sussurrou:

— Venha cá.

— Que foi?

— Venha comigo. Preciso lhe mostrar uma coisa.

— Que coisa?

— Segredo.

— Que segredo?

— Um segredo. Venha.

— Se não disser o que é, não vou.

— Não posso dizer.

— Então, nada feito.

— Ah, é? Eu choro e a mamãe vem bater em você!

— Nesse caso, eu vou.

— Vamos rápido. Silêncio.

E eu a segui, curioso. Sem saber que estava sendo arrastado para uma cilada.

9.
A CILADA

Era pouco antes do sol se pôr e Carolina foi me levando pela mão na direção das plantações. Eu ia me esgueirando entre as plantas e seguia calado atrás dela, que de vez em quando olhava para trás com uns olhos muito estranhos.

Nunca tinha visto a chatinha daquele jeito. A cor dela estava diferente, de uma brancura mais parecida com a do leite fresco. Os olhos, que não eram como os de gente, mas verdes como os de uma fera, demonstravam uma simpatia anormal.

Ela andava dando uns pulinhos alegres de pessoa desocupada e segurava na ponta do vestido, como já tinha visto Donana fazer ao dançar. E parecia nervosa, agitada, com um sorriso bobo no rosto, certamente um indicativo de que algo terrível estava para acontecer.

Observando tudo aquilo eu, que tinha um forte para identificar situações de perigo, finquei o pé no chão várias vezes, perguntando:

— Pra onde iaiazinha está me levando, Carol?

— Pshiii... É segredo, bobão. Venha.

— Segredo são as palmadas que eu vou levar se alguém me vir aqui andando com a senhorinha por essas bandas. Faça isso não, iaiá. Vamos voltar, venha.

— Você está com medo. É um medroso.

— Com muito orgulho. Mas venha, venha.

— Medroso! Medroso! — disse ela, ficando vermelha e apertando a minha mão com tanta força que o minguinho virou polegar.

— Sou medroso, sim, iaiazinha, pois não. E tenho um amor ao meu bumbum que a senhora não sabe. Vamos voltar. Daqui a pouco vai ficar escuro.

— Ainda não chegamos.

— Quero voltar.

— Não deseja conhecer meu segredo?

— Não é por mal, não, iaiá, mas prefiro ficar sem saber.

— Tolo. Se você voltar agora, eu digo tudo a minha mãe.

— Então, vamos logo conhecer esse segredo.

— Medroso! Vem.

E dessa forma prosseguia, ouvindo a menina cantarolar e ziguezagueando pelo meio da plantação, que àquela altura já não tinha mais trabalhadores. Os negros todos começavam a se reunir lá embaixo, no descampado em frente à aldeia, cantando e dançando. Aqui e ali surgiam pontos de luz.

— Deve de ter bichos selvagens por aqui, iaiá — insisti.

— O único bicho que tem aqui é você, macaco. E é tão feio que espanta todos os outros.

— Muito agradecido, mas a senhora não acha melhor a gente voltar outra hora?

— Cale a boca.

— Se a senhorinha voltar eu prometo não falar nada nos próximos oito dias.

— Aaaah!...

Ela deu um berro, soltou minha mão e se virou para mim com uma expressão de quem queria, no mínimo, arrancar meu nariz.

— Ui! É cobra? Cadê?! Socorro! — falei, me jogando no chão, e esperando o bote do animal.

— A cobra está na minha frente, é negra, rasteja no chão e se chama Bento — gritou ela, com as mãos na cintura, mais vermelha que fogueira nova. Lágrimas de raiva escorriam de seus olhos.

— Não tem cobra? — perguntei, aliviado.

— Levante-se do chão, escravo!

Fiz o que ela tinha me ordenado, tão ligeiro e com o coração tão acelerado devido ao susto, que o corpo veio sozinho — a alma deve ter ficado colada ao chão.

— Escravo! Negro sujo! — voltou a gritar Carolina.

— Escravo, negro e sujo se a senhorinha quiser, mas

não sou surdo, iaiazinha. Pelo amor daquele homem... aquele da cruz... pelo amor de Jesúsio, fale mais baixo.

Esse Jesúsio era um sujeito muito bom e poderoso que, segundo se dizia, havia morrido na cruz para salvar todos nós. Nunca entendi como um homem dependurado na madeira podia me salvar, mas os brancos tinham verdadeira paixão pelo morto, de maneira que invocar o nome dele era capaz de aplacar as fúrias mais acirradas.

As mais acirradas, mas não as de Carolina, que era filha de Donana, e não se comovia facilmente com gente que se pendurava fosse lá onde fosse.

— Preto nojento! Escravo fedorento!

— Muito agradecido, mas fale mais baixo, iaiazinha... vão ouvir... vão vir aqui... vão pegar a gente...

— Hum!

Ela pôs uma boca torta de quem não estava se importando, mas o fato é que depois das minhas palavras, tornou a me dar a mão e continuamos a subir o morro juntos.

Lá em cima, havia uma clareira onde crescia uma árvore grande e frondosa. Foi para lá que ela me levou. Chegando ali, nos escondemos atrás de seu tronco grosso e ela sorriu mais uma vez aquele sorriso estranho, cheio de luzes e fogo:

— É aqui. Vou lhe mostrar meu segredo.

— Que bom. Aí a gente pode voltar e...

— Feche os olhos!

— Co-como?

— Os olhos! Feche!

Fiz o que ela me pediu, nervoso, porque o sol já estava quase posto e iam dar por nossa falta lá na aldeia. Não estava muito interessado no que tinha para me mostrar e nem pensava naquilo, mas foi com extrema surpresa que senti os lábios dela tocarem os meus. Abri os olhos na hora. Ela ainda estava com os seus fechados e estirava a boca para a frente, feito um passarinho.

— Que é isso, senhorinha? Ui! Ai! Pelo amor de Jerúsio... Faça isso não. Venha, vamos embora!

— Não gostou?

— Não me leve a mal, mas eu não gosto de nada que vá me render umas palmadas em meu traseiro, iaiá. Venha.

— Cale a boca. Feche os olhos.

— Mas...

— Feche! Estou mandando!

Com o coração batendo já dentro da barriga, fiz o que me mandava. Então ela me beijou de novo e de novo, e mais uma vez. E a verdade, meus amigos, é que aquilo foi até me acalmando. Depois de uns três ou quatro cheirinhos, não vou mentir, comecei a gostar da coisa. Fechava os olhos, esticava os beiços, sentia o molhadinho dos lábios dela e meu corpo todo se arrepiava, os braços amoleciam.

— Está gostando? — perguntava ela.

— Muito, Uembu...

— Quê?!

— Ahn? Iaiazinha, muito... — corrigi.

Mas, a essa altura da história, vocês já devem ter percebido que, se tem uma coisa em que o velho Tumbu aqui é bom, essa coisa se chama azar. Aconteceu que, no meio daquela beijocada toda, nós fomos interrompidos por um grito medonho:

— Que pouca-vergonhice é essa?!

E quem tinha pronunciado essas palavras de tanto mau agouro não havia sido ninguém menos que o famigerado Jerono.

— Cabra safado! — berrou de novo e foi logo me agarrando pelas orelhas, pelo nariz, pelos ombros, pela primeira nesga de carne que aparecia na sua frente.

— Foi ele! Foi ele! Eu não queria! — dizia Carolina com os olhos cheios de lágrimas e suspirando muito.

— Venha comigo, moleque!

Fui arrastado com toda a delicadeza de que Jerono era capaz, por cima de pedra, planta e barro, morro abaixo, até o casarão. Ali, me jogando de joelhos em frente a Donana, ele explicou o que tinha visto.

A mulher então cresceu uns dois metros, cuspiu, esbravejou e disse tantas coisas feias como eu nunca tinha ouvido antes. Para melhor expressar o que dizia, pontuava cada frase com cascudos e tapões.

Ao ouvir o barulho, Madá entrou na casinha, tensa, chorando, arrancando os cabelos.

— Pelamô de Deuse, iaiá! Deixe o mininu! — gritava na língua dos brancos. — Zu mininu num feize nada, iaiá! Ai, Zezu!

Mas aquilo de nada adiantou. Por fim, Donana falou algo que eu não entendi direito, alguma coisa como "dar um fim nele", e Jerono me arrastou para fora da casa. Em seguida, para fora da aldeia. E, ainda, para o interior dos matos que a circundavam.

A última coisa que vi foi o corpo gordo de Madá caído defronte do casarão, seguro por dois dos companheiros de Jerono. Desesperada, ela berrava:

— Deissa! Laiga! Bentinho! Bentinho!

Caminhamos muitos metros até que chegamos a um lugar em que a floresta se abria. Jerono me encostou numa pedra e puxou uma faca. Foi só então que eu percebi: o caso não seria resolvido no chicote. E cheguei à conclusão de que tudo nessa vida é relativo. Diante daquela cena, o tronco me pareceu um dos lugares mais suaves e confortáveis do mundo.

Jerono bufava e suava como o bicho que era. A faca estava bem acima de sua cabeça e seu olho sadio mos-

trava tanta raiva que eu tinha muito mais medo dele que do fio da arma. Aproximou-se de mim com seu passo manco, a boca aberta, respirando pesadamente.

Agachou-se a dois palmos de mim. Segurou-me pelo pescoço e eu ouvi seu coração bater descompassado. Levantou ainda mais a faca. Então seu olho bom cresceu inteiro sobre o meu rosto e eu tive uma tontura. Senti seus dedos apertarem meu rosto. Ouvi meus ossos estalarem. E, de repente, aconteceu.

Jerono chorou. Em seguida me abraçou e começou a soluçar. Depois, levantou-se e se virou de costas, apoiado sobre o facão.

— Suma, moleque! Desapareça! — gritou.

E eu, sem entender nada, a não ser que aquele monstro tinha acabado de poupar minha vida, disparei mata adentro.

Corri o mais que pude, às cegas, e só parei quando o cansaço me impediu de continuar. Então sentei sobre a raiz de uma árvore e tentei recuperar o fôlego. Sozinho, no meio da floresta, à noite, sem lua. Tinha fome e sede. Não sabia para onde ir. Estava completamente perdido.

10.
PERDIDO

Passei dois dias perdido no meio daquela selva, bebendo água da chuva, comendo todo tipo de folha, fruto e raiz que aparecia na frente e morrendo de medo dos sons dos bichos que ouvia à noite. Mas, principalmente, pensando sem descanso nos meus pais, em Uembu, em Mukondo e no pessoal que tinha deixado lá na minha aldeia.

Em todo aquele tempo na terra dos brancos, não tinha conseguido saber de papai nem de mamãe. Perguntei a todos os negros da aldeia de Donana, perguntei a quem ali chegava ou simplesmente passava. Não consegui encontrar ao menos um parente, uma pessoa de minha tribo ou ter qualquer notícia do destino dos meus.

Quanto a meus amigos, parentes, Uembu e Mukondo, me perguntava o que estariam fazendo naquelas noites sem lua. Será que tinham conseguido fugir dos Aimimi? Será que tinham sido capturados por eles? Estavam vivendo em paz? A saudade apertava meu peito e eu chorava, como vi chorarem todos aqueles que tinham sido trazidos pelos brancos para viverem presos naquela terra, para trabalharem por eles, e com quem tinha convivido nos últimos meses.

Num começo de tarde quente, caminhando pesadamente pela floresta, ouvi barulho de água corrente. Meu coração bateu mais apressado e, após algumas horas de busca, cheguei às margens de um rio.

Caí no leito de água morna como se houvesse achado um tesouro. Matei minha sede e me banhei como costumava fazer com meus pais na lagoa próxima a minha antiga aldeia. Mas minha alegria era maior porque agora poderia seguir o curso do rio. Certamente encontraria alguém que me indicasse como chegar à aldeia sobre o morro de que Elia havia me falado.

Morando na casa de Donana, descobri que aquela aldeia, perto de Roicife, se chamava Ulinda e era o lugar onde havia mais negros naquele país. Alguma coisa me dizia que lá encontraria meus pais. Então, após me lavar e beber um monte de água, me pus a caminhar pela margem com energia renovada, mais uma vez cheio de esperança.

E a verdade é que não demorou até que visse se aproximar uma canoa imensa. Não daquelas que vi no mar, mas parecida com as da minha terra e com a que tinha me trazido para a aldeia de Donana. Carregava muitos daqueles bichos de quatro patas parecidos com hipopótamos e era levada por dois homens: um branco e outro que era até meio negro, mas tinha o cabelo da cor do fogo.

A visão daqueles dois fez com que eu me enchesse de cuidado. Já tinha aprendido que a gentileza não era uma das marcas do povo daquela região. Preto, branco, vermelho, verde ou azul com bolinhas roxas, não se podia confiar abertamente em ninguém. Exceção feita a Madá, Pedu e poucos outros que tinham me tratado com carinho e amizade.

Estava em dúvida. Dava um passo e recuava dois. A canoa se aproximava lentamente da margem, para onde os homens olhavam. Por fim, venceu em mim a esperança de encontrar meus pais. Entrei no rio e gritei para os viajantes:

— Vão para Ulinda?

— Quê? — perguntou o de cabelo vermelho, muito assustado e sacando do pau de fogo, o que seu companheiro também fez.

— Ulinda — repeti. — Estão indo para lá?

Um olhou para o outro. Após alguns segundos, o branco apertou os lábios e fez um sinal com o queixo na minha direção. Vendo aquilo, o de cabelo de fogo me lançou uma vara, a que me agarrei e, com certa dificuldade — porque o esforço físico nunca foi o meu forte —, subi na canoa.

— Boas tardes — falei risonho. — Muito obrigado, senhores.

— Sabe atirar? — perguntou secamente o branquelo, com cara de quem tinha perdido os pais logo cedo na vida e não dormia há vários dias.

— Ahn? Atirar? Pedra?

— Tome isso aqui — falou então o de cabelo encarnado, jogando para mim aquela arma dos brancos que cuspia raio.

Ninguém pode imaginar como fiquei quando, atabalhoadamente, agarrei o instrumento brilhante. Se vocês tivessem me visto, meus amigos, certamente contariam que naquela canoa havia apenas um negro, o sujeito de cabelo avermelhado. Quanto a mim, fiquei mais pálido que leite pintado de branco.

— Nã... nã... não.... eu... eu... eu... — gaguejei, sem conseguir falar.

— Se alguma coisa bulir nos matos — voltou a falar o brancoso, sem olhar para mim —, passe fogo.

Foi tudo o que disseram. Em seguida, apanharam novamente as varas com que impulsionavam o barco e prosseguimos adiante, agora numa velocidade maior.

Então, tremendo mais que folha em ventania, carregando desajeitadamente a arma, que era um pouco maior que eu, passei por entre os hipopótamos e fui me sentar sobre uns caixotes, na ponta da canoa. E, duran-

te o primeiro dia, a viagem seguiu assim, sem maiores problemas, até porque aqueles dois não eram grandes amantes da conversação.

Um dia inteiro, meus amigos, um dia inteiro e eles não falaram absolutamente nada. À noite, quando chegou a hora de comer, cada um pegou um naco de carne para si e tomou alguns goles de uma bebida que engoli avidamente pensando que era água, mas parecia fogo líquido. Eles riram da cara que fiz. Foi o máximo de expressão que consegui arrancar deles.

Depois de se alimentar, o branco acendeu um daqueles canudinhos de barro e ficou soltando fumaça como uma fogueira. O outro apanhou um instrumento musical estranho, barrigudo, cheio de cordas, e se pôs a cantar. A princípio, achei bom. Mas depois, não sei se porque ele era desafinado ou porque aquela bebida me deixou muito emotivo, fiquei triste.

Na tarde do dia seguinte, impaciente com tanto silêncio e angustiado com a demora para alcançarmos nosso destino, me enchi de coragem e perguntei, como quem não quer nada:

— Falta muito para chegar a Ulinda?

Não responderam.

— Ulinda. Falta muito para chegar lá?

Nada. Nem uma palavrinha que aquecesse a minha alma. Enchi o pulmão e me preparei para falar mais alto

— vai ver, eles eram surdos. Mas, naquele momento, uma chuva de flechas sobrevoou a canoa e eu me arrependi de ter desejado que eles falassem, porque o branco gritou para mim:

— Atire!

Olhei para a margem e vi uma multidão daquele povo enfeitado com penas, com seus arcos imensos, lançando flechas e mais flechas na nossa direção.

— Atire! — repetiu o homem.

E foi aí que entendi por que eles olhavam com tanta preocupação para as margens quando os vi pela primeira vez.

— Atire! — insistia o de cabelo vermelho.

Os dois respondiam às flechadas com os raios das armas, mas eu não tinha a mínima ideia de como aquilo funcionava. Soprava, dava tapinhas e pedia com toda a boa vontade, mas não tinha jeito do fogo sair de dentro daquele negócio.

Os hipopótamos se agitaram, mais de um deles foi atingido. Outros caíram na água. O barco balançava. Eu me abracei ao fundo da embarcação e fiz uma série de promessas impossíveis de cumprir, pedindo aos deuses que me salvassem.

A coisa toda durou pouco tempo. Ao fim, escapamos ilesos das flechas. Mas demorou muito para que conseguisse soltar os dedos da madeira do barco e me levantar novamente, o que só fui fazer à noite, para comer, e ainda assim cheio de cuidados. Passado o susto, meus companheiros riram da minha falta de habilidade.

Na madrugada seguinte, abri os olhos no meio do sono e vi que o barco diminuía a velocidade e se aproximava de uma aldeia iluminada. Logo me levantei, num salto, torcendo as mãos de ansiedade, pois acreditava que tínhamos finalmente chegado a Ulinda, onde, tinha certeza, encontraria meus pais.

Mas qual não foi minha surpresa e que terror não se apossou de mim, meus amigos, quando descobri que não estávamos indo a Ulinda coisíssima nenhuma, que aquele era o mesmo rio onde já tinha navegado antes e que a canoa, prestes a aportar, me levava de volta à aldeia de Donana.

11.
DE VOLTA À ALDEIA

Desesperado, corri até a frente do barco, onde estavam os dois condutores e, de joelhos, implorei:

— Por favor, meu senhores, pelo amor de Genésio, que morreu na cruz por todos nós, não me deixem aqui, não me larguem nessa aldeia horrível, não façam isso comigo, eu lhes peço de todo o coração.

Os homens olharam para mim como se estivessem vendo algo tão fantástico como uma árvore gargalhando. De testa franzida, não pareciam ter a mínima ideia do que estava tentando falar. E não deram importância. Trocaram olhares mudos entre si e, sem demonstrar o mínimo de compaixão, continuaram a tocar a canoa na direção da margem onde Donana os aguardava, rodeada por negros e negras.

— Por favor, eu imploro! Tenham um pouco de amor por um pobre negro infeliz... Se esses daí me pegam, me mandam pro tronco, arrancam minha cabeça e dão de comer aos passarinhos. Por favor, por favor!

Nenhuma manifestação da parte dos barqueiros. Aflito, só me restou engatinhar de volta, por entre os hipopótamos de chifre, e ir me esconder dentro de uma das caixas de mantimentos que havia no barco.

Entrei ali e me cobri com uma pilha de roupas que estavam jogadas no chão, recolocando o tampo de madeira no lugar. Por azar, a caixa estava cheia de uns pós de pimenta e outras ervas de cheiro forte. Aquilo ardia em contato com meu corpo e, pior, me dava uma enorme vontade de espirrar. Também não conseguia respirar direito.

Quando a canoa parou, ouvi a voz áspera de Donana, que pelo tom não estava nos seus melhores dias:

— Trouxe tudo? — perguntou.

— Tudo, sim, senhora — respondeu o negro de cabelo de fogo que, devido talvez a uma intervenção divina, estava com a língua solta, solta, e falava mais que papagaio na hora do jantar.

— E a parideira? — continuou ela.

— Essa, iaiá, foi atingida pelos selvagens. Os desgraçados estavam escondidos nas moitas.

— Eu disse que queria a parideira.

— Tem problema não, senhora. O preço das cabeças é abatido. Iaiá não vai ter prejuízo.

— E a louça?

— Aqui também, senhora, sim. Da melhor porcelana. Acabou de chegar das Índias. Coisa boa.

— Roupas?

— Do Reino. E perfumes também. Coisa feita de encomenda para princesas e rainhas.

— Especiarias?

— Desembarcadas faz menos de uma semana. Na quantidade que iaiá quiser. Estão naqueles caixotes ali. Deseja ver?

Pelas frestas do caixote, observei quando Donana subiu ao barco, ajudada pelas negras de sua confiança e mais dois negros da tropa de Jerono. Assim que se equilibrou na canoa, passou a mão no pelo dos bichos de quatro patas, parando aqui e ali para ver um detalhe mais de perto. A certa altura, seus olhos cruzaram com os do branco, que permanecia em pé, calado, num dos lados da embarcação, brincando de soltar fumaça.

— Seu companheiro é mudo? — perguntou a senhora.

— Não é muito de falar, não, senhora. Mas é uma pessoa boa. Vaqueiro como poucos há — explicou o avermelhado, suando e sempre com gestos nervosos.

Donana deu dois passos e ficou de frente para o outro, que não a encarava.

— Olhe para mim, cabra — ordenou.

Ele girou o corpo vagarosamente e, da mesma maneira, retirou o pano que usava no cabelo, segurando-o sobre o peito. Por fim, baixou a cabeça, cumprimentando a mulher, sem abrir a boca.

Os raios do sol, que agora surgia sobre os montes, jorravam delicadamente sobre o rosto de lua de Donana. Estava até que bem bonita. Seus olhos de água do mar brilhavam.

Ela segurou a cara do homem e se demorou olhando suas feições. Em seguida, sem muito interesse, voltou a inspecionar os bichos e, por fim, chegou às caixas espalhadas no chão do barco.

Os escravos as abriam uma a uma, Donana passava os olhos na mercadoria, pegava um ou outro objeto, cheirava-o, apalpava-o e, se fosse o caso, experimentava com a ponta da língua alguns grãos. Sempre que o fazia, olhava para trás, buscando o rosto do branco, que permanecia em seu posto.

A cada caixa aberta, sentia como que uma paulada no coração. Segurava o espirro com as duas mãos sobre boca e nariz e, com os dedos que sobravam, tapava os ouvidos, por precaução. Mas percebia que não haveria escapatória — a minha vez fatalmente chegaria e eu seria capturado.

Por fim, restou apenas o caixote em que eu estava escondido. Donana fez um gesto de cabeça e os escravos se agacharam para abri-lo.

— Esse aí tem apenas o nosso próprio fumo. Não está à venda — falou o branco, sem mover um músculo e de costas para os negros.

O de cabelo vermelho ficou ainda mais nervoso:

— Mas, mas, Joeisé... Aquela caixa... A senhora Donana, ela...

— Não está à venda — cortou o outro, no mesmo tom, sem alterar a expressão.

— Bem, bom, Donana, a senhora... — falou em seguida o negro avermelhado, tentando explicar o que não tinha explicação.

— Vou ficar com três pares de bovinos e mais panos, essências e extratos. Pago a metade do preço acordado — disse então a mulher, dirigindo-se para a saída do barco.

— Metade? Mas, mas, Donana... A senhora veja bem, essas peças nos custaram... — insistiu o negro.

— Nem mais uma palavra. Metade. Pago agora e vocês podem seguir viagem.

— Donana, com todo o respeito, a senhora precisa entender que tudo isso nos custou caríssimo. Pela metade do preço não pagamos nem os fornecedores. Por favor, Donana, a senhora sabe que pode confiar em nós. Refaça esses cálculos, pelo bom Deus! — pediu o outro, já entrado em desespero.

A senhora nada disse de imediato. Mas assim que pôs os pés em terra firme, ainda nos braços de seus escravos, falou num tom um pouco mais cordial:

— Talvez eu possa mudar de ideia. Os senhores

estão com pressa? Se o seu amigo mudo se dispuser a me seguir até a casa, posso discutir com ele melhores opções de compra. Do contrário, cá estão as moedas.

Ela estendeu um saco repleto de bolachinhas brilhantes. Fez-se um minuto de silêncio. Por fim, o branquelo cuspiu, lá de dentro de sua secura:

— Pega a paga, Wanderley. O dia cresce. Vamos embora.

— Joeisé, a senhora está ofertando uma... — agitou-se o de cabelo de sangue.

— Agora — cortou o outro mais uma vez, apanhando a vara de conduzir o barco e acendendo o seu potinho de fumaça a um só tempo.

Wanderley pegou o saco. Os bichos e as caixas foram levados para a aldeia e nós zarpamos dali.

— Eu não entendo você! Pelo bom Deus que não! — falou revoltado o cabeça de fogueira, também dando impulso à embarcação.

Quando já havíamos navegado uns dez minutos, finalmente dei um salto, afastando a tampa da caixa em que estava, e saí ao ar livre, resfolegando, inteiramente vermelho de marcas de coceira e espirrando todo o meu pulmão para fora do nariz. Tenho certeza de que, dali a pouco, inauguraria uma nova forma de morrer se Joeisé não tivesse me aconselhado:

— Mergulhe no rio.

Fiz o que ele disse e, ao retornar ao barco, agradecido e molhado, corri para abraçar seus joelhos:

— Obrigado, senhor! Muito obrigado! O senhor é bom, é bom, sim. Tem essa cara de maldade e é até bastante feio, mas é bom. Ó, senhorzinho, como lhe sou grato! Pela cruz de Reijus que sou!

— Chega de asnices. Pega a arma. E vê se acerta os selvagens desta vez — disse ele apenas, soltando fumaça, sem expressão, no seu habitual tom de voz.

Muito feliz, fiz o que me pediu e fui me sentar nos fundos do barco, tentando equilibrar aquele negócio gigantesco em meus braços. E ali fiquei, calado, sentindo um pouco de frio.

Não sabia para onde estávamos indo. Depois de tudo o que havia acontecido, tampouco ousei perguntar. Mas era certo que nos afastávamos de Ulinda. E que ficava, a cada novo dia, mais distante dos meus pais.

12.
NAVEGAR É PRECISO

A viagem durou longos dias. Sempre que tinha oportunidade, procurava puxar conversa com Joeisé, mas ele tinha mesmo vindo ao mundo no desejo de virar pedra e, fora uma ou outra palavra que o vento logo levava embora, pouco dizia. Wanderley era mais falante, mas menos confiável. Bem que ele queria me entregar de volta a Donana, percebi, e eu dormia com um olho aberto e outro fechado, esperando uma maldade dele a qualquer hora.

Mas, como meu vô Buta já tinha me explicado certa vez, existem umas entidades que aporrinham os deuses e levam nossas lembranças à noite quando estamos dormindo. Por isso, no fim, já conversava com Wanderley como se ele fosse uma pessoa direita, apesar de ter cabelos de fogo, o que nunca foi um bom sinal.

— Estás sozinho no mundo, pequeno? — perguntou-me ele certa noite, enquanto nós três comíamos nacos daquela carne que a cada dia parecia mais saborosa.

— Não. O senhor não tá vendo que eu estou acompanhado de vossas mercês? — respondi, desconfiado.

— Deixa de esperteza, molecote. Onde estão os teus pais?

— Por uma destas aldeias. Para onde é que estamos indo?

— Para uma terra sem lei. Um lugar de chão duro e montanha.

— Fica longe de Ulinda?

— Muito.

— Preciso ir a Ulinda, para encontrar meus pais.

— Então eles estão na cidade?

— Desconfio.

— Isso são ilusões, moleque. Os teus, se são de África, devem estar perdidos numa plantação da terra. Ou então já morreram.

— Meus pais não morreram, cabelo de fogo! — respondi, irritado.

— Ha! ha! Estás bravo comigo porque te digo verdades? Não resta esperança nesta terra, irmão. Dá graças ao bom Deus por permaneceres vivo.

— Bobão! — falei e me retirei novamente para o fundo do barco. — Eu quero ir a Ulinda! Me deixem aqui, em qualquer parte. Eu encontro o caminho.

— Ha! ha! Encontras? Se quiseres, estanco o barco agora mesmo. Que vai ser?

— Deixa o menino — falou Joeisé, que preparava o barro de soprar fumaça, encerrando a discussão.

E aquela noite terminou assim, em profundo silêncio, quebrado apenas por meus fungados e soluços.

Duas manhãs se passaram e então, finalmente, o barco aportou numa aldeiazinha de gente de pesca e comércio. Havia pouquíssimos negros ali. Nós descemos do barco e, subindo nas montarias, continuamos nosso caminho que, como o cabeleira de labareda tinha dito, era seco, calorento, com raras árvores, tomado por pedras e grandes montanhas.

Pedi a Joeisé que me deixasse ali. Procuraria condução para retornar a Ulinda. Ele olhou em meus olhos como nunca tinha visto fazer antes com ninguém:

— Vamos ao abrigo de gente certa e direita. Este lugar é perigoso.

Aquilo não queria dizer coisa alguma. Afinal, havia algum local naquela terra maldita que não fosse perigoso? Por outro lado, que motivo tinha eu para me afastar cada vez mais de Ulinda e da busca por meus pais?

Mas não sei que conforto e segurança a presença e as poucas palavras daquele homem de frases curtas me davam. Bastaram essas palavras e eu logo rearrumei os planos na cabeça e me pus a caminho com os dois, pensando que, depois de uma noite bem dormida, recobraria o ânimo para fazer a viagem de volta.

O problema é que eu pensava, tolamente, que nosso trajeto por terra seria de pequena duração. Estava enganado. Durante mais de um mês acompanhei aqueles homens pelas estradas empoeiradas e pedregosas do país. Nesse tempo, aprendi a montar zebras sem listras, que eles chamavam de "cavalos", e a conduzir os hipopótamos de chifre que, afinal descobri, tinham os esquisitíssimos nomes de "bois" e "vacas" e estavam sendo levados pelos dois para o nosso destino.

Em pouco tempo, aprendi a conversar com aqueles animais e a dominá-los de tal maneira que até o cabeludo avermelhado me elogiava, dizendo que eu seria um excelente "vaqueiro".

Mas o certo é que a brincadeira era divertida. Mais de uma vez surpreendi Joeisé rindo seu riso de uma linha ao me ver galopando um cavalo e comandando lá de cima os bois.

Quando a gente queria correr, o cavalo corria. Quando queria parar, ele parava. E tudo usando apenas uma corda mágica que ficava presa à boca dele. Também com os bois acontecia o mesmo: a gente podia mandá-los para onde a gente quisesse, usando uma varinha encantada e soltando uns sons encantatórios. As pernas é que ficavam um pouco esfrangalhadas, mas isso com o tempo passava.

— O moleque é bom — comentava Wanderley, que nessas horas parecia até ser gente, e Joeisé nada dizia.

A paisagem do lugar era incrível. Lembrava o fundo do mar, só que sem água. Os caminhos, muito semelhantes, quase que não tinham fim. O sol afiado chicoteava minha pele sem alívio. O chão rachado de tão seco parecia feito de brasa. E as montanhas, altas e peladas, davam a impressão de que cairiam sobre nossas cabeças a qualquer momento.

Vendo que os raios de sol me incomodavam mais que um milhão de mosquitos, Wanderley me vestiu com uma roupa de couro lá dos brancos e me deu até um daqueles objetos de cobrir a cabeça, o qual não era fofo como os das outras aldeias por onde havia passado, mas duro como um coco.

Assim, o tempo passou depressa, sem que sentisse. Até que, no meio de uma bonita manhã, Wanderley anunciou:

— Estamos chegando. É só contornarmos aquela serra e logo estaremos no arraial. Um dia, no máximo.

Meu coração acelerou, pois não sabia o que me esperava no lugar para onde estávamos indo e, muito menos, o que vinha a ser um arraial. Olhei para Joeisé e ele permanecia o mesmo — mudo, seco, imóvel. Mas alguma coisa em seus olhos me dizia que ele não estava bem.

— Vamos apressar o passo? — perguntou Wanderley.

— Que dizes? — falou o outro, rápido, mudado, encarando o companheiro.

— Apressar o passo. Se dermos nos cavalos poderemos chegar lá para o almoço.

— Queres andar à pressa? Por que te afanas?

— Ora, estou faminto! Não estás?

— Tens fome de ouro?

— Como? Não estou a entender.

— Perguntei se tens fome de ouro, covarde!

— Mas, mas, Joeisé... Que tens, homem?

— Tenho uma boa visão. E percebo, ao longe, nos contornos da serra, sombras dos assaltantes que lá postaste para nos emboscar, patife!

Joeisé sacou de sua arma e fez pontaria na cabeça de Wanderley. Eu, que nada sabia de ladrões, arraiais, patifes, fomes de ouro e outras tantas coisas do tipo e que, além disso, me encontrava postado entre um homem e outro, tratei de me abaixar e segurar com força nos pelos do bicho que montava, prometendo não sei que impossibilidades aos deuses, caso me tirassem dali vivo.

— Que histórias? Estás a delirar? — sorriu tenso Wanderley. — Vamos deixar de sandices, homem. Vem. Estamos já a chegar.

— Nem um passo. Fica onde estás.

— Já não me conheces, Joeisé?

— Fica onde estás.

A advertência foi dada a Wanderley, mas servia direitinho para mim, que parei até de respirar e de piscar os olhos, que lacrimejavam.

— Desce do cavalo — mandou Joeisé.

— Como?

— Desce agora. Joga tua arma ao chão. E deita. Quero ver se teus comparsas levarão as reses, vendo que estás sob minha mira.

Wanderley fez o que o outro mandava, um tanto trêmulo. Não que tremesse tanto quanto eu mas, enfim, dava para perceber que estava nervoso. Em seguida, Joeisé falou, dessa vez para mim:

— Recua, menino. Vem cá para trás de minha montaria.

Mas não chegou a completar a frase. Pronunciava a última palavra quando um tiro vindo do alto da serra que ladeávamos o atingiu. Ele caiu da montaria. Fiquei pasmo, sem saber o que fazer. Ao contrário de Wanderley, que logo soube: me empurrou e eu também tombei no chão.

Depois, subiu novamente em seu animal e, arrastando o meu, seguiu na direção de um grupo de homens montados, que vinham ao seu encontro. Reunidos, pegaram um atalho do caminho e sumiram, levando cavalos e bois e me deixando só, no meio do nada, ao lado do corpo tombado de Joeisé.

13.
NO MEIO DO NADA

Depois que a coisa acalmou um pouco, tive coragem de levantar os olhos e, com muito esforço, consegui segurar minha alma, que insistia em querer escapar pela boca. Engatinhei até o corpo ensanguentado de Joeisé. Ele estava desacordado, com um buraco no braço de onde jorrava muito sangue.

Gritei por socorro por mais de dez minutos, até que desisti. Primeiro porque fiquei rouco, depois porque não havia ninguém naquele deserto de fogo e pedra. Sendo assim, movido pela graça de algum deus, rasguei um pedaço da minha roupa e, com ele, fiz uma tira de pano que amarrei no braço do desmaiado.

Então ouvi um relincho, que era como os brancos chamavam a fala dos cavalos. Imaginando que Wanderley e seus amigos estavam voltando, levantei os braços para o alto e gritei:

— Eu não fiz nada! Não fiz nada!

Mas qual não foi minha surpresa quando descobri que o som vinha justamente do cavalo marrom de Joeisé, que, depois de disparar feito um macaco com fogo no rabo, tinha voltado para perto de seu dono.

Tive uma ideia: jogar Joeisé para cima do animal, depois subir também nele e galopar na direção da serra que, segundo o famigerado Wanderley, ficava próxima ao local aonde estávamos indo antes de todo aquele despropósito de tiros e discussões.

Até aí, tudo ia bem. O difícil mesmo foi conseguir jogar Joeisé em cima do cavalo. Primeiro porque aqueles animais podiam até ser muito bonitinhos e práticos, mas a boa vontade não era o seu forte. Depois porque, para jogar o homem sobre a fera eu precisaria, no mínimo, arranjar mais uns três ou quatro braços. Infelizmente, só tinha dois. E o cavalo não estava em seus melhores dias.

De toda forma, tentei. Coloquei a barriga do sujeito sobre minha cabeça e, dando uns pulinhos de gazela, empurrava seu corpo mole para cima. Mas apenas um membro seu tocava no maldito animal, ele se afastava, fazendo com que o infeliz se estatelasse no chão.

Tentei umas três vezes. Por fim desisti, porque era bem certo que, se ele não havia morrido do tiro que levara, certamente faria sua despedida do mundo após mais uma queda de cabeça no chão. Mas é nessas horas que a religião ajuda, meus amigos. Meu vô Buta costumava me dizer que existia um deus protetor dos azara-

dos. Não sei exatamente qual. Mas o fato é que naquele dia confirmei o dito.

Ali perto havia uma pedra grande, que chegava mais ou menos na minha cintura. Trouxe o teimoso do cavalo para perto da pedra, com algumas palavras carinhosas e ligeiras ameaças. Quando ele se pôs ali ao lado, tratei de escorar Joeisé sobre a pedra e, usando seu corpo como apoio, pulei para cima do animal, que a princípio não pareceu muito feliz, mas logo se acostumou com o novo dono.

Feito isso, numa manobra arriscada, embiquei de cabeça para baixo, apanhei o branco pelos cabelos e assim consegui deixá-lo em pé. Sem alguns tufos de cabelo, é verdade. Depois, usando as minhas últimas reservas de energia, puxei o corpo do homem, que me pareceu ser um pouco menos leve que o de um elefante, para cima da montaria. E, assim, disparei o mais rápido que pude na direção da serra.

Chegando ali, fiz o contorno, como havia explicado Wanderley, e redobrei o galope, seguindo sempre em frente, na esperança de achar algum lugar habitado. O que mais me afligia era que Joeisé jamais tinha chegado a confirmar ser aquele o caminho correto para chegar ao arraial. E se tudo não tivesse passado de uma armação do cabelão vermelho? Em todo caso, que alternativa eu tinha? Joeisé precisava de ajuda, urgente. E era só nisso que eu pensava, enquanto açoitava o cavalinho, coitado, e disparava pela estrada seca de pó, cercada de matos espinhentos.

Entrou a tarde, subiu o sol, desceu o sol, surgiram as estrelas e eu continuava no meu galope desenfreado, sem ver absolutamente ninguém. Os matos espinhentos agora pareciam mais um coro de espíritos assoprando com o vento, os bichos daquela floresta desconhecida começavam a fazer gracinhas com aqueles urros e berros de espantar qualquer coração bom e eu ali, perdido, desorientado, sem saber para onde ia, sem ter o que comer ou beber, e com meu amigo perdendo sangue.

Até que, a uma curva do caminho, enxerguei luzes dentro do mato. Uma estradinha levava até elas. Diminuí o galope e entrei pela trilha, cauteloso. Uns quinhentos metros à frente, vi um casarão. Ao redor dele, casinhas menores. Muitos bois, cavalos e outros bichos estavam presos em cercados.

Cheguei diante da casa e, ali, vi um senhor branco, de roupa branca, de cabelo branco, encostado na parede da casa, que também era branca. Primeiro, imaginei que ele era a lua. Entediada da vida no céu, talvez tivesse vindo dar umas voltas na Terra para espairecer. Depois, suspeitando que se tratasse da alma de algum morto, perguntei:

— O senhor por acaso não sabe onde tem um vivo aqui por perto com quem eu possa conversar?

Ele então levantou os braços e eu percebi que tinha um pau de fogo.

— Que você quer aqui, pretinho? — perguntou.

— Meu amigo foi ferido. Preciso de ajuda — expliquei.

— Isso não é patranha sua, não?

— Garanto que não, meu senhor. Não sou de fazer esse tipo de coisa. Até porque não tenho a mínima ideia do que significa.

— Estou de olho em você — disse o velho, se aproximando com a arma apontada para a minha testa.

— Por favor, me ajude, senhor.

— Fique quietinho, pretinho.

Ele chegou até mim em seu passo lento. Quando se debruçou sobre o ferido, virou sua cara para cima. Então, tomou um susto e gritou:

— Joeisé! Ó, gente, corre aqui! É Joeisé, que foi baleado! Acudam!

Em pouco tempo, muitos homens brancos correram das várias casas do lugar para socorrer meu amigo. Num instante, ele foi levado para dentro do casarão. Ficamos apenas eu e o velho do lado de fora. Ele olhou para mim e perguntou:

— Quem fez isso?

— Wanderley — disse.

— Tinha certeza. Já jantou?

— Wanderley? Acho que já.

— Você, pretinho.

— Ah! Não, senhor.

— Então venha. Desmonte. Vamos entrar.

Fiz o que me pediu. Ele amarrou o animal à entrada da casa e, em seguida, pedindo para que eu limpasse os pés e não tocasse em nada, me levou para o seu interior. Assim que entrei, uma mulher de cabelo preto, muito longo, e magra, tão magra que era difícil saber se ela estava de frente ou de lado, correu até mim, se agachou, apertou minhas bochechas e disse:

— Um herói, Tião! Esse rapazote é um herói!

— Ficaste louca, mulher? — reagiu o velho, puxando catarro.

— Foi ele que salvou a vida de Joeisé! Não é lindo?

— Puf! Ele é preto, mulher.

— E daí, homem? É um preto lindo!

— Ai, como tu me cansas... Arruma uma comida para o lindote aí, que ele deve estar morrendo de fome. Mas vê se não me gastas com ele as melhores carnes da casa.

— Venha — falou a mulher por fim, alegríssima, me chamando para outra parte da casa. O que adorei, não só porque iria finalmente comer, mas principalmente porque ela soltou minhas bochechas, que já estavam ficando inchadas.

Então, me levou a um lugar nos fundos do casarão, pondo à minha frente uma quantidade de comida suficiente para matar a fome de toda a gente da minha aldeia natal. E, de instante em instante, perguntava:

— Quer isso? Quer aquilo? Quer mais? Gostou? Não gostou? Provou desse? E daquele?

Eu, para não parecer mal-agradecido, devorei de tudo o que via pela frente, claro, enquanto ela me olhava com uns olhos alegres, as duas mãos segurando o rosto. Ao mesmo tempo, ouvia gritos horríveis de Joeisé e não entendia por que, depois de tanto esforço para salvar a vida do infeliz, queriam agora matá-lo. A senhora me explicou que estavam apenas fazendo um curativo.

Quando acabei de comer, ela perguntou uma série de coisas sobre a minha vida. Onde tinha nascido? Quem era o meu senhor? Quantos anos tinha? Onde morava? Que tipo de trabalho fazia? Como tinha conhecido Joeisé? Quem tinha me ensinado a montar?

Quando os berros do meu amigo cessaram, me pediu licença e saiu por alguns minutos. Dei graças aos deuses, pois nunca fui chegado a gente louca. E fiquei bestando, olhando os objetos da casa, que apesar de ser de brancos, era bem diferente da de Donana.

Acabei pegando no sono ali mesmo. E só acordei

quando a senhora de cabelos longos me despertou, me pôs no colo e me levou para o local onde deveria dormir. Ela me deitou sobre a palha e me cobriu com um manto. Por fim, beijou a minha testa e me desejou boa-noite. Estranhei e tive medo. Uma atitude daquela, vinda de gente de pele branca, não podia ser boa.

Quando se afastou, ouvi, ao longe, que ela conversava com o velho:

— E então, Tião? Que você acha?

— Do que falas, mulher?

— Aquela nossa ideia...

— Enlouqueceste?

— Mas não queria tanto?

— Não enxergas? És cega? Ele é preto!

— Grandes coisas!

"Gente esquisita", pensei, e não prestei mais atenção ao diálogo. Tinha apenas uma coisa em mente: na manhã seguinte, acordaria cedo e me poria a caminho de Ulinda, custasse o que custasse.

E, meditando nisso, logo adormeci.

14.
EM CASA DE JOEISÉ

Não fui embora no dia seguinte. Nem na semana seguinte. Nem no mês seguinte. A princípio, aquela senhora de cabelos longos e corpo que parecia o pescoço de uma girafa, me pediu que esperasse Joeisé sarar. Ele estava se recuperando do raio que tinha levado no braço e precisava ficar deitado numa palha lá que os brancos usavam para dormir. Assim que ficasse bom, me levaria de volta ao rio e subiríamos em direção a Ulinda.

A senhora se chamava Meiria, era tia de Joeisé e mulher do homem de cabelo de nuvem. Todas aquelas aldeias ali por perto eram deles. No casarão, morava uma infinidade de parentes e amigos dos donos.

A principal preocupação daquelas pessoas era andar em seus cavalos para cima e para baixo, conduzindo os bois em viagens longas, às vezes de barco. Curiosamente, em suas plantações não havia nenhum daqueles pés de cano fino e verde, que se espalhavam pelas terras de Donana até não mais ver.

Plantavam principalmente a erva que servia para acender aqueles barros de soprar, que se chamavam "cachimbos". Também uns rolos cheios de caroços amarelos, chamados "milhos", e algodão. Também havia poucos pretos e apenas alguns de pele avermelhada por aquelas regiões. E, o mais incrível: poucas vezes vi gente de pele negra ser presa ou castigada. A maior parte do tempo eram os próprios brancos que batiam uns nos outros, quando não trocavam tiros entre si — certamente uma estranha forma de confraternização.

Bom, mas a verdade é que, enquanto aguardava a recuperação de meu amigo Joeisé, acabei criando amizade com os moradores do casarão e das casas vizinhas. Ajudava um pouco na lavoura e, principalmente, montava nos cavalos e corria os campos secos de pedra e sol, conduzindo os bois e, até, uns bichinhos menores, chifrudos, que se chamavam "bés".

A comida era sempre muita e, ao contrário do que acontecia na aldeia de Donana, ali eu comia junto com o pessoal do casarão. Alguns achavam um divertimento fora do comum passar a mão na minha cabeça, fazer cócegas na minha barriga e me chamar de Tiquinho. Outros tinham umas brincadeiras menos divertidas e mais parecidas com as que Jerono costumava apreciar. Mas dona Meiria me protegia de todos eles e eu, muitas vezes, me sentia como Carolina — botava umas caras falsas e fingia uns choros, só para ver a dona da casa me salvar.

Era a única criança da casa. Dona Meiria e Tião, o

velho, não tinham filhos. Os irmãos, irmãs, a mãe e os sobrinhos de Joeisé eram outras pessoas com quem eu mais convivia, mas havia ainda por ali aqueles que trabalhavam para eles e com quem me encontrava nas viagens, no plantio, no trato com os animais ou nos serviços gerais da aldeia. Entre esses, havia alguns meninos e meninas com quem brincava e, também, brigava.

— Esse moleque monta bem — falava Dunca, irmão de Joeisé, que era dos meus mais chegados.

— E como ordenha! Parece adulto, ó pá! — concordava Ilião, seu primo.

Porém, quem mais parecia feliz com minha presença na casa era dona Meiria. E eu só podia achar que alguma coisa estava errada porque, sabia já de algum tempo, não era normal que um branco tratasse um negro com esses carinhos e risinhos. De maneira que tinha sempre o pé atrás, certo de que viria o dia em que meu corpo já mole, de tão desacostumado, voltaria a lamber a ponta da chibata.

Mas dona Meiria queria me convencer por tudo no mundo que ninguém jamais faria nada de mau para mim.

— Tu és meu filhinho — dizia ela, várias vezes, baixinho, porque o velho Tião do cabelo branco não podia escutar aquelas conversas. Se escutava, ficava o mais das vezes com uma irritação tão grande que só passava quando saía de casa, dava vários chutes em touceiras de capim, mordia diversas vezes seu chapéu, que era o nome do pano de cobrir a cabeça, soltava tiros do pau de fogo e gesticulava bastante, conversando não sei com que deuses invisíveis.

— Ó milagre do Grandioso Pai! Uma branca que pare pretos! — reclamava, quando via dona Meiria cheia de dengos para o meu lado.

— Nunca viu vaca preta parir brancas, homem?

— Ah, pois! És uma vaca, então? Maravilha das maravilhas: vim-me do Reino para casar-me com um quadrúpede!

— Não me insulte. Sabe do que estou a falar.

— E falas? Pensei que mugisses...

E lá se ia ele para fora de casa, desferir pontapés no vento, esmurrar umas quantas folhas, morder as mãos fechadas e insultar todos os passarinhos que aparecessem na sua frente. Nessas horas ela olhava para mim, sorrindo como sempre, com seus olhões imensos que me lembravam os de Uembu, e dizia:

— Não ligue importância. São os fígados. Estás com fome?

E então preparava não sei que guloseimas deliciosas que só ela sabia fazer. O cabelo de algodão devia ser pelo menos uns cem anos mais velho que ela, que parecia ter a idade da minha mãe e, para uma branca, era bem bonita.

Quando eu não estava em viagem, nos campos ou cuidando dos trabalhos da aldeia, dona Meiria se sentava comigo para conversar e, principalmente, "brincar de números e palavras". No começo, achava o jogo maçante e não dizia nada para não entristecê-la. Mas depois acabei tomando gosto e não queria outra coisa a não ser estar ao lado dela, jogando.

A brincadeira consistia em unir traços e rabiscos. Foi através dela que descobri, apalermado, que as palavras que os brancos diziam podiam ser desenhadas numa coisa chamada papel. Assim, através dessa mágica, podiam falar sem pronunciar nenhum som.

Também conseguiam, através do feitiço, contar quantos bois havia na aldeia, quantos objetos existiam na casa e uma série de outras coisas tão impressionantes, que nem minha tia Kifufunha — que possuía grande intimidade com os deuses — tinha sido capaz de descobrir.

E era tudo tão fácil e gostoso que, em pouco tempo, eu já fazia aqueles rabiscos como gente grande, sem precisar da ajuda de dona Meiria. Passei a decifrar uma grande quantidade de palavras desenhadas e a revelar inúmeros mistérios escondidos por trás dos traços dos números.

O que mais me entusiasmava eram as histórias que as palavras mudas contavam: relatos de aventuras, caçadas, viagens, amor e medo, que brotavam como semente de um negócio chamado livro.

Foi numa dessas coisas enfeitiçadas, feitas de folhas como as de árvore, mas cheias de desenhos e símbolos, que soube um pouco mais da história de Jesus. Dona Meiria adorava o livro e, lá no casarão, havia um lugar onde todos faziam as preces para os deuses dos brancos.

Na aldeia de Donana já havia conhecido a maioria deles. Eram, simplesmente, os mesmos deuses de minha aldeia natal, só que ali, com sua eterna mania de complicar as coisas mais simples, os brancos trocavam seus nomes e até pintavam sua pele de branco.

Ficava imaginando a cara que não faria vô Buta se visse aquela falta de respeito. Seria capaz de passar a cabeça por entre as pernas para morder o próprio traseiro. Mas eu não ligava. E até, para agradar, os chamava pelo nome que os brancos lhes davam. A ignorância é uma coisa que não se cura facilmente. Para que criar confusão?

Com o tempo, até o velho Tião de cabelo de areia deixou de se aporrinhar tanto com minha presença. Às vezes, nas tardes quentes de preguiça, ia de um lado a outro da casa, inúmeras vezes, como bicho acuado. Depois de meia hora de andança, soltava assim, como quem não quer nada:

— Que fazes aí, pretinho?

— Estou lendo, senhor.

— E tu sabes ler, pretinho?

— Dona Meiria me ensinou, senhor.

— Então lê um pouco disto que estás a ler para mim, que estou com sono.

Aí se sentava ao meu lado, fechava os olhos e escutava o som das palavras desenhadas no papel, que eu ia lhe soprando.

Outras vezes, nas noites silenciosas, quando meu peito queimava feito fogo e ele me pegava debruçado sobre o fundo curvo do céu, onde via a imagem dos meus pais, dava um peteleco de leve na ponta do meu nariz e perguntava:

— Queres fruta, pretinho?

— Quero não, senhor.

— Umas mangas boas...

— Obrigado, senhor.

— Atenta bem: se chegares na mangueira antes de mim, as mangas serão todas tuas, pretinho.

Aguçado pela competição, tentava correr e alcançar o pé de manga, que ficava do lado de fora da casa. Mas ele me segurava pela barriga e os dois rolávamos, gargalhando, pelo chão. Ao final, íamos catar as frutas juntos e, enquanto comíamos, ele me contava histórias de quando era menino, numa terra distante chamada Prutugal.

Assim se passaram muitos meses. Até que Joeisé sarou, voltou a andar pelo casarão e, por fim, já estava pronto para as viagens. Reacendeu-se a esperança de reencontrar os meus pais e vibrei de alegria.

— Quando vamos partir? — perguntei a ele, certo dia.

— Depois de amanhã — disse apenas.

Aquela noite, quando fui dormir, sentia como se meu corpo houvesse evaporado e eu fosse todo feito de alma, luz e vento. Tinha a impressão de que podia voar. E me vi várias vezes em Ulinda, ou Olinda, como alguns diziam, abraçando minha mãe, beijando meu pai.

— Estás alegre hoje, Tiquinho — falou dona Meiria com seu sorriso bom, me levando no colo para o meu chão de palha.

— Muito, dona Meiria. A senhora não imagina que...

— Tiquinho — interrompeu ela. — Não quero mais que me chames de dona. Por favor, te peço. Andei falando com o Tião e... Bom, Tiquinho, de agora em diante quero apenas que me chames de mãe. Considera a mim a tua mãe, pois tu és, a partir de hoje, o meu único filho. Já estamos providenciando os papéis. Serás nosso... serás nosso herdeiro. Eu, tu e Tião somos, desde já, uma família. Sabe: eu te amo mais do que a qualquer outro. Hoje é o dia mais feliz da minha vida.

Dizendo isso, ela então me abraçou e beijou diversas vezes, com o coração descompassado, derramando lágrimas. Por fim, envergonhada, deixou-me a sós, limpando o rosto. E se afastou, pedindo desculpas, trêmula de felicidade.

Senti que meu coração se partiu em trezentos pedaços e meu corpo rachou, dividido em dois. Que tristeza, que dor, que dificuldade tremenda de respirar! Como poderia dizer a dona Meiria que estava de partida? Como, depois de tudo o que tinha me falado, seria capaz de lhe contar que minha mãe era outra?

Caí prostrado, sem vontade de viver. E chorei até o raiar do dia.

15.
PARTIDA

Estava mais morto por dentro que vinte e três macacos flechados, caídos de cabeça do alto de uma árvore. Que diria a dona Meiria e também ao povo do arraial, quase todos tão bons que nem pareciam brancos?

Quem me ajudou nesse particular foi Joeisé. Ele explicou à tia que precisaria de mim para guiar uma tropa de bois e que, dali a uns dias, estaríamos de volta, sãos e salvos.

— Mas e quando eu não voltar, Joeisé? — perguntei apreensivo.

— Digo que sofreste um acidente.

E assim ficou. No dia da partida, Dona Meiria me entregou um saco cheio de uns pedaços de peixe seco — sujo de um pó branco que ardia na língua —, bolos, bolachas, farinhas, água e a bebida que chamavam vinho. Além disso, um saquinho com aquelas bolachinhas brilhantes, de que tanto gostavam naquele país, e algumas roupas.

— Fica bem, Tiquinho, e não esquece de tua mãe —

despediu-se ela, me apertando tanto contra o peito que perdi o fôlego.

— Vê se te perdes por lá e nunca mais voltas, pretinho — falou em seguida Tião de cabelo de lã, me dando um chute leve no traseiro, que era a maneira de ele dizer que ficaria com muitas saudades.

Dona Meiria me apertou ainda outras vezes, me carregou no colo, me fez carinhos, me encheu de beijos.

— Por que estás triste? — perguntou.

— Saudade — respondi, olhando para baixo.

— Não há de ser tanto. Em breve estarás de volta. Ó, Joeisé, vê se me trazes o meu Tico inteiro de volta a casa, hein? Não quero que lhe toque nem um mosquito. Vai, meu filho. E não esquece de rezar ao nosso Deus.

Dito isso, subimos nos animais antes de o sol nascer e partimos pelo meio da sequidão daqueles campos pedregosos. Eu chorava. E me sentia culpado, coisa que tinha aprendido ao ler as palavras mudas dos livros que falavam daquele grande Jesus.

Ele, que era assim uma mistura de homem e deus, um deus bom, ficava muito bravo quando a gente não se comportava direito. A própria Dona Meiria tinha me explicado como aquilo funcionava. Aliás, ela tinha me dito que os outros deuses brancos, todos tão queridos no casarão de Donana, cercados de velas e flores, não adiantavam de nada e só aquele era capaz de salvar.

Não se comportar direito tinha um nome esquisito: pecado. E quem pecava, depois que morria, ia parar num lugar terrível, cheio de fogo e gente de rabo e chifre, que faria o infeliz sofrer sem nunca ter fim. Eu estava pecando, porque mentia e, principalmente, ia fazer alguém triste. E já me via mergulhado de cabeça naquele mundo incendiado.

Mas dona Meiria também me ensinou uma mágica para aplacar um pouco a fúria lá do homem da cruz: a gente fazia uns sinais, dizia umas palavras e pedia perdão, com muita vontade e força.

Assim, durante todo o caminho fui pensando naquelas palavras e pedindo que o deus dos brancos me perdoasse. Expliquei que não fazia por mal, que precisava encontrar os meus pais — afinal, sabia que Jesus tinha um apego grande com a mãe e usei aquilo para ver se conseguia comover seu poder e me livrar um pouco de sua ira.

Por fim — conversando com ele por dentro da cabeça, que era a maneira certa de se comunicar com o homem-deus —, pedi que, se não fosse possível me livrar da caverna fumegante, dos homens de chifre e dos caldeirões de cozinhar gente, que pelo menos ele me permitisse viver mais uns duzentos ou trezentos anos, para eu ir me preparando melhor. E que, pelo amor dele próprio, entendesse: preferia passar o resto da morte queimando no fogo, a viver o resto da vida longe dos meus pais.

Também pedi que protegesse todos no arraial, mas principalmente dona Meiria. Que, se possível, ele arranjasse um outro filho para ela. Que não a deixasse sofrer com saudades minhas nem me odiasse tanto se um dia viesse a saber a verdade. Pedi que ela fosse feliz.

E muitas outras coisas mais, que já não me lembro, porque se o deus dos brancos tinha uma vantagem sobre os nossos era exatamente aquela: a gente podia passar o dia inteiro pedindo as coisas mais impossíveis e ele tinha uma paciência imensa para ouvir. Era, de fato, uma entidade boa.

Mas o caso é que, se as dores e sofrimentos não acabam para os pecadores depois da morte, ao longo da vida eles vão diminuindo e, além disso, todo o mundo sabe que ninguém é capaz de chorar por mais de um mês. Chega uma hora em que a gente tenta mas, vai ver, as lágrimas acabaram. Então a tristeza fica muda ali dentro do peito e a gente volta a prestar atenção no dia.

Foi o que aconteceu comigo quando, após semanas no lombo do cavalo, galopando ao lado de Joeisé, nós finalmente chegamos ao rio e embarcamos. Joeisé não iria comigo até o litoral, de maneira que, depois de mais alguns dias de viagem sobre as águas — passando direto pela aldeia de Donana, à noite, para evitar perigos e surpresas —, finalmente paramos numa tribozinha que ficava na margem direita do rio.

Descarregamos os animais e as mercadorias e passamos a noite na casa de um amigo de Joeisé.

— Amanhã à tarde parte um barco para o litoral. Tu vais com ele. Chegando em Olinda, segue até este lugar aqui, fala que fui eu que te mandei — disse, me entregando um pedaço de folha com uns rabiscos.

Foi tudo. Na manhã seguinte, pouco antes de o sol nascer, apertou minha mão, sem dizer nada nem mostrar qualquer emoção no rosto. Fez apenas um sinal com o chapéu, depois de montado, e seguiu sua viagem por terra, acompanhado de alguns ajudantes. A poeira já cobria os animais numa nuvem de fumaça quando parou, fez meia-volta e disse, tão baixinho que quase não ouvi:

— Tu és um menino bom. Desejo-te sorte.

Fiquei na casa, em companhia de três homens de uma cor misturada, que não saberia definir. Um era muito gordo, mais gordo que o marido de Donana. Os outros bem magros e meio encurvados. Pelo que entendi, trabalhavam para um outro senhor, o amigo de Joeisé, que tinha mais pelos no rosto que todos os animais da selva juntos e se equilibrava num pedaço de pau, pois não tinha a perna direita.

Almoçamos e iniciamos os preparativos para a viagem. O barco em que íamos não era tão longo quanto o de Joeisé, mas era bem mais alto e largo. Também tinha aqueles troncos imensos de madeira onde penduravam panos que recolhiam o vento e o faziam empurrar a embarcação.

Quando estava tudo pronto para a partida e me preparava para subir a bordo, uma senhora toda murcha, daquele povo de pele vermelha, se aproximou de mim com um lenço na cabeça e um rolo de fumaça no canto da boca.

— Percurando su mãe... — ela me disse, como se apenas continuasse uma conversa. — Mutcho bem. Ela instá no morro. Oncê vai vê-la, sí. É eu que seio. Vaia com Deus.

E, depois de soprar dois céus de fumaça sobre o meu rosto, se afastou, de olhos fechados, num passo muito lento. Os três homens que iriam comigo no barco riram muito da cena.

Uma vez instalados no barco, soltamos as cordas e, com vento favorável, a navegação foi curta. A certa altura, o rio se abriu como um mar e o mais gordo dos três me explicou:

— Chegamos ao Recife, negrinho.

Mas não precisava ter dito, pois eu logo reconheci a paisagem, com as casas de pedra e madeira e a imensidão de barcos atracados. Meus olhos brilharam intensamente e, se não tivesse segurado o peito com força, com as duas mãos, teria visto o coração saltar pela boca e ele estaria até hoje no fundo das águas do Capiberibe, que era o nome daquele rio.

Dali a Olinda, a caminhada não seria longa. Precisaria apenas atravessar uma estreita faixa de terra alagada, entre o mar e o Beberibe, um outro rio. Até aquele ponto, seguindo ordens de Joeisé, os homens me levaram. A partir dali, segui sozinho.

Tinha ainda comigo o resto das comidas e bebidas que dona Meiria havia preparado para mim e, colocando o saco nas costas, me pus a caminho. Sempre havia o perigo de cruzar com um branco que quisesse me pôr nas correntes, mas andava com cautela e, a todo momento, buscava o abrigo de moitas e árvores.

Pouco a pouco via a montanha crescer diante de mim. E, em cerca de uma hora, mais ou menos, cheguei ao sopé. Que maravilha, que delícia, que conquista, meus amigos! Olinda, finalmente tinha chegado a Olinda!

Acompanhando o mapa que Joeisé havia desenhado para mim, comecei a subir o morro, que tinha chão duro de pedra e era lotado de casarões gigantescos.

Andando com ansiedade, mas ao mesmo tempo parando para observar as belezas do lugar, acabei chegando ao topo de uma ladeira. Faltava pouco para alcançar o local indicado por meu amigo.

Como a aldeia fervilhava de gente de todas as cores, idades e tamanhos, foi fácil me meter no meio da multidão. Aumentei o passo e marchei contente, sem medo de ser preso. A imagem de meus pais me acompanhava na subida das várias e confusas rampas que cortavam aquela imensa cidade.

A certa altura, já estava correndo. E foi assim, excitadíssimo, que cheguei finalmente diante da casa que estava procurando. Cheguei e ali caí sentado, porque acabei esbarrando numa pessoa que vinha na direção contrária.

Mas me levantei rapidamente. E já me preparava para pedir desculpas e entrar na casa, quando tomei um susto. O sujeito em quem havia esbarrado e que agora estava sorrindo para mim não era ninguém menos que o famigerado Wanderley, o ladrão de cabelo de fogo.

16.
O LADRÃO DE CABELO DE FOGO

Ele olhou fixamente para mim, com aquele sorriso de quando ficava nervoso, e deu um passo adiante:

— Ora, vejam quem encontro!

Estava rodeado por dois ajudantes.

— Que vieste fazer cá, ó moleque? — falou novamente o vermelhudo, dando nova passada para frente.

— Nada, não, senhor — respondi, andando para trás.

— E que papéis são estes que carregas? — insistiu, andando mais um passo.

— Nada, não, senhor — repeti, recuando.

— Deixa-me ver de que se trata — avançou.

— Não tem precisão — recuei.

— Dá-me, chega — adiantou-se.

— São coisas minhas — voltei uma passada.

— Dá!

— Não!

— Vem!

— Socorro!

Disparei ladeira abaixo. Ele e seus ajudantes vieram atrás de mim. Eram três mas, com o auxílio do medo, que nunca me faltava nessas horas, consegui me distanciar, metido entre o povo.

Quando viu que não mais me alcançaria, Wanderley gritou:

— Donana ficará contente em saber que estás cá em Olinda! Ha! ha! E pagará um bom prêmio pelo teu resgate. Ainda nos veremos!

Ele sumiu, mas eu continuei correndo e só devo ter parado cerca de meia hora depois, preocupado com o que tinha ouvido. Aquele homem não me deixaria em paz. Por ora, pelo menos, estava livre. E não restava outra coisa a fazer senão me dirigir novamente ao local de onde tinha sido arrancado por Wanderley. Foi o que fiz.

A casa aonde Joeisé tinha me mandado não era grande como a de Donana ou a dele. Era mais alta e funda que larga. Assim que pus os pés ali dentro, vi uma infinidade de comidas, carnes, quitutes e temperos pendurados por toda parte e espalhados sobre a madeira que dividia o lugar em dois compartimentos.

Debruçada sobre essa madeira, com uma mão no queixo e rabiscando com o dedo bestamente, vi uma senhora gorda, de cabelo claro, olhos marrons, jeito de quem não gostava muito da vida e que, além disso, tinha uns pelos negros sobre a boca. Minha primeira impressão não foi boa, mas já tinha visto bichos mais esquisitos em minha aldeia natal, de maneira que respirei fundo, porque o cheiro misturado ali dentro era muito forte e o clima abafado, e falei:

— Boas tardes, senhora. Venho da parte de Joeisé.

Ela demorou três anos para levantar a cabeça e me encarar. Em seguida, me olhou de cima a baixo, de baixo a cima e de cima a baixo de novo, e falou:

— De quem?

— Joeisé — repeti.

Ela soltou um suspiro de enfado, piscou os olhos, coçou o pescoço gordo e suado e, por fim, deu um grito lá para dentro:

— Ó Manel! Manel, o caso aqui é contigo!

— Quê? — ouvi alguém perguntar de longe.

— Tem alguém aqui a querer falar contigo, ó besta. Diabo de homem surdo e estúpido.

— Quê? Que dizes? — perguntou novamente o pobre do Manel.

— Ai, inferno! Vai-te aos diabos que te carreguem, infeliz — respondeu ela e se retirou num passo pesado, batendo nos móveis e objetos pendurados.

Esperei. E enquanto estava ali, de pé, com o saco nas costas, passei os olhos pela casa. No topo da parede dos fundos estava escrito: "Secos e Molhados — Manoel Pinto de Carvalho".

Sobre as mercadorias, havia um nome e um símbolo com números, que indicavam a quantidade de bolachinhas brilhantes que o sujeito precisava entregar para levar o produto. Achava tudo aquilo muito interessante e, naqueles poucos minutos, aprendi uma série de palavras novas. Até que fui interrompido por uma voz, que perguntou, espantada:

— Sabes ler?

Virei na direção de quem falava e vi um senhor careca, gordo como um rinoceronte e que, tal qual o bicho, tinha o pescoço projetado para a frente, passando a linha dos ombros. Seu nariz, de tão longo, se assemelhava a um chifre.

A primeira coisa que pensei foi que seus cabelos, quando caíram da cabeça, tinham ficado presos dentro das ventas, pois era aquela, com certeza, a parte mais cabeluda do seu corpo.

Mas seus braços e peitos nus não ficavam muito atrás: pareciam um pelo de macaco. Macaco louro, seja dito. Já o rosto, pelo contrário, era completamente rapado, com exceção do queixo, de onde descia uma cabelama fina e encaracolada que vinha bater à altura da barriga.

— Sei, sim, senhor — respondi, depois de me certificar de que ele não estava ali para me morder ou coisa pior.

— Uhm... E calculas?

— Também.

— Interessante... O Joeisé que te mandou, dizes?

— Ele mesmo.

— E como pronuncias as palavras tão bem assim, ó moleque, que até pareces um branco?

— Pronuncio com a boca mesmo, senhor.

— Claro, pois, pois, com a boca... Ha! ha!

Ele riu uma enormidade, sem que eu soubesse de quê. Por fim falou:

— Pareces um moleque bom. Como te chamas?

— Tumbu... quer dizer, Bento... quer dizer, Tico...

— Isaía. De agora em diante, és Isaía. Fico contigo. Mas, antes de qualquer coisa, quero apresentar-te o Leovigildo. Cá está ele.

Apanhou um grande pedaço de madeira de cima de uma caixa e o ergueu sobre a cabeça.

— Se fizeres qualquer coisa de errado aqui dentro desta casa — roubos, desfalques, malfeitorias quaisquer que sejam —, hás de te ver com o Leovigildo, que trabalha para mim há muitos anos, está sempre vigilante e nunca falha. Entendes? Agora, vem. Pega tuas coisas. Vem comigo.

E foi assim que eu me instalei na casa do senhor Manel e de dona Virgília, a gorda sua esposa. Eles arrumaram um quartinho para mim nos fundos da casa, que eu dividia com outros dois trabalhadores: um negro nascido na terra, alto, magro e já meio amarelado, que era um puxa-saco do dono e implicava comigo a todo momento; e uma menina mais nova, de pele meio preta, meio branca, que fazia a limpeza da casa, cozinhava e, de vez em quando, me lançava uns olhares sorridentes de quem queria molhar lábio.

Eram esses todos os habitantes do lugar, além de Chuvisco, um lobinho de pelo cinzento, que passeava tristemente de um canto a outro, fazendo cocô e xixi em qualquer canto vago que encontrasse, o que muito irritava a dona, mas era a alegria do dono da casa.

Os filhos do senhor Manel e de dona Virgília eram já adultos e não moravam com eles. Se não me engano, não habitavam nem mesmo naquela aldeia. Viviam numa terra distante, do outro lado do mar.

Ali me demorei muitos e muitos meses, meus amigos. Mas, teria permanecido menos, se um acontecimento inesperado não houvesse mudado meus planos. Acontecimento que, juntamente com outro, ainda mais trágico, acabaria por me transformar inteiramente.

17.
UM ACONTECIMENTO INESPERADO

Fazia já quatro anos que estava naquele país. Tinha crescido muito e meu corpo havia se modificado. Apareciam pelos por toda parte, mas não sabia com segurança se isso se devia às mudanças próprias da idade ou à proximidade dos brancos, todos eles muito cabeludos.

Meu dia a dia na casa do senhor Manel era de muito trabalho. A princípio, organizava as mercadorias nas prateleiras e ajudava a arrumar a casa. Com o tempo, quando ele percebeu que tinha facilidade para lidar com as palavras e os números, passei a controlar a entrada e saída dos produtos, a efetuar as vendas, a lidar diretamente com as pessoas que vinham ali para comprar ou vender.

— Mas este negrinho é um comerciante de mãos cheias! — dizia o senhor Manel, sempre abraçado a Leovigildo, enquanto sua mulher soltava uns suspiros de enfado e Sacripante se roía de inveja.

Esse Sacripante era o negro fofoqueiro que trabalhava conosco e, apesar de sempre levar broncas tremendas do patrão, só faltava lhe beijar os pés e não suportava me ver feliz, procurando sempre oportunidades de me intrigar com o senhor Manel para ver Leovigildo amaciar o meu pobre bumbunzinho.

De toda forma, parece que o senhor Manel lhe tinha algum respeito, pois mesmo nos momentos de fúria, usava a palavra "seu" antes do nome dele, num claro sinal de sua importância, pois ela só era usada para se referir a pessoas brancas.

— Deixa de ser burro, seu Sacripante! Idiota, burro, seu Sacripante! Não é isso, seu Sacripante! Larga lá, seu Sacripante!

Curiosamente, Sacripante não gostava que eu lhe chamasse pelo nome. Vai entender a cabeça dele. O certo é que, depois de minha chegada, o moço, que se sentia o dono do lugar, se viu rebaixado de cargo. Não só passei a fazer todas as suas funções, como realizava atividades que nem mesmo o senhor Manel sabia direito como funcionavam, mas que logo aprendi e se tornaram simples como beber água.

Assim, não só acabei conseguindo livrar minha pele negra dos afagos de Leovigildo, como também, vez por outra, chegava até mesmo a comer um bom pedaço de carne, quando Chuvisco, por algum motivo, estava sem fome. Confiando em mim, seu Manel se afastou um pouco do serviço e passava a maior parte do dia subindo e descendo as imensas ladeiras da aldeia, segundo dona Virgília, "atrás de rabo de saia".

Achava meio impossível que isso fosse verdade, porque rabos de saia se viam em toda parte e a cada esquina para vender, de maneira que o sujeito não precisaria andar tanto para achar um pedaço de pano. Em todo caso, era o que ela dizia, diariamente, e sempre com aquela cara de desgosto e aquela voz de porco morrendo.

Dona Virgília não gostava de ninguém, que eu soubesse. Mas, particularmente, tinha certo nojo da minha pessoa. Nada que fizesse a agradava. Odiava saber que o marido me tinha em tanta confiança. E acreditava em todas as mentiras que Sacripante contava a meu respeito.

— Ele pegou dinheiro do caixa, iaiá! Ele escondeu a farinha, iaiá! Ele dormiu durante o serviço, iaiá! Ele passou mais tempo na rua do que o necessário, iaiá! Ele é feio, e chato, e burro. Ele solta fogo pela venta e sabe voar, iaiá!

Então ela me chamava de canto, apertava minhas orelhas, bafejava não sei que palavrões em meu rosto e me colocava de castigo, preso nos fundos da casa. Mas como minha ausência à frente da loja provocava alguma confusão, já que ninguém ali dominava como eu as palavras escritas e os números, era obrigada a me tirar do castigo e me pôr em liberdade. Outras vezes era o senhor Manel que voltava para casa, bêbado e cambaleante, e me libertava, depois de xingar a mulher de "vaca bigoduda", "teta de mamute" e mais umas expressões delicadas de que não me lembro direito.

Outra coisa que irritava muito Sacripante era o chamego de Lindalva, a cozinheira de cor misturada, comigo. Morria de ciúmes porque a moça, que era bonitinha, nas horas vagas dos dias mais quentes de verão, me puxava para trás de uma pilha de caixotes ou sacos, de uma estante mais escondida, e brincava de me dar uns abraços e beijos e alisados que, não quero enganar ninguém, eram bons.

O problema é que, por ter aprendido aquela coisa de "culpa" e "pecado", nunca conseguia ficar inteiramente à vontade com ela e sempre, antes de dormir, conversava direitinho com Jesus — o qual, segundo sabia, estava em toda parte e via tudo — e pedia pelo amor dele mesmo que não contasse nada a Uembu.

Aliás, era segredo e ninguém, ninguém mesmo podia tomar conhecimento daquilo, mas dona Virgília e o senhor Manel não gostavam nada de Jesus. As orações e preces deles, feitas em voz muito baixa, num ambiente totalmente fechado e utilizando não sei que panos engraçados no corpo e na cabeça, eram endereçadas a um tal Jeová, que diziam ser dono de um exército.

Aquilo me dava pena e medo. Medo porque, com um deus poderoso, acompanhado ainda por cima de um exército, não se brinca. E pena porque, agindo daquela maneira, eu sabia que o senhor Manel cairia de cabeça, depois de morto, naquele lugar fumegante, sendo fritado por chamas e espetado por gente chifruda. Dona Virgília e Sacripante, que também participava fervorosamente dos rituais, tudo bem: que fossem fritar lá nos infernos.

Mas, como dizia meu avô Buta, cada um escolhe o seu destino. E o meu, que, verdade seja dita, não passou por grande escolha, era trabalhar naquela casa desde o nascer do sol até pouco antes dele se pôr. Depois, mandado por dona Virgília, ia para a rua com um tabuleiro, para vender os quitutes e doces que Lindalva preparava e que eram mais gostosos que ficar boiando sobre as águas quentes de uma lagoa.

Aquelas horas eram as melhores do dia. Eu me sentia livre e, enquanto vendia um bolo aqui, outro ali, aproveitava para conversar com os negros da terra, ler os anúncios de compra e venda de escravos, visitar o porto, o mercado, enfim, procurar por gente da minha aldeia e, principalmente, pelos meus pais.

"Vender" era o mesmo que trocar alguma coisa que a gente tem por aquelas bolachinhas brilhantes, que eram chamadas de "moedas" ou "dinheiro". Qualquer objeto do país podia ser trocado por uma certa quantidade dessas moedas. Quem quisesse dos quitutes de Lindalva, tinha que me dar em troca algumas moedas. Quem quisesse um negro, tinha que pagar com moedas. As bolachinhas serviam para tudo que se quisesse ter e só por meio delas é que se conseguia alguma coisa.

Por toda a cidade havia anúncios de negros para compra ou venda, negros fugidos dos seus donos, negros que tinham chegado ao porto. Lia o máximo que podia e me comunicava com vizinhos e amigos que ia fazendo pela cidade, mas até então não achara sinal dos meus.

Enquanto isso, trabalhava cada vez mais. Primeiro porque, trabalhando, eu enganava a tristeza e a saudade. Depois, porque, com o trabalho, recebia também do senhor Manel e de dona Virgília algum dinheiro. Não que eles quisessem me dar de bom grado, pois para os dois a comida pouca e ruim que me ofereciam era suficiente para me manter feliz.

Mas, como eu dominava os números, acertos e acordos da loja e vendia pessoalmente as guloseimas de Lindalva para dona Virgília, conseguia tirar das bolachinhas ganhas nas vendas e negociações uma parte para mim.

É certo que, como sempre, a "culpa" e o "pecado" me acompanhavam também nessas operações. No entanto, eu já estava criando uma certa intimidade com o homem lá de cima e, bem ou mal, contornava a situação.

Assim, juntava as moedas e as guardava em local seguro, esperando o dia em que encontraria meus pais e poderia, com elas, comprar nossa liberdade e voltar para nossa aldeia natal, para reencontrar Uembu, Mukondo e os parentes e conhecidos que lá estavam.

Era com isso que sonhava, dia e noite. E assim o tempo foi passando, entre esperança e angústia. Mais angústia que esperança, para ser sincero, e muito sofrimento. Mas em todo caso, sempre tinha os deuses da minha tribo para me ajudar e até o poderoso Jesus, a quem sempre pedia proteção.

E não sei se foi um ou se foram os outros que intercederam em meu favor, porém o certo é que, um começo de noite, enquanto vendia doces e lia os anúncios, acabei por achar um que descrevia uma negra com uma pinta grande no lado esquerdo do rosto, magra, de olhos, seios e queixo pequenos, de passos curtos, que falava a minha língua e tinha vindo da minha região. Não restava dúvida: era a minha mãe.

Corri de volta para casa na mesma hora, com o coração saindo pela boca. Fui até o local secreto em que guardava meu dinheiro e percebi que faltava pouco para completar o valor que os donos de minha mãe pediam por ela.

A partir daquele instante, trabalhei dobrado e economizei cada moeda que pude. Ao fim de duas ou três semanas, tinha conseguido o suficiente: dinheiro para comprá-la e para pagar os gastos com a viagem até Intapessuma, local onde ela estava.

Na manhã seguinte, fugi de casa logo cedo e me pus a caminho, trêmulo de medo e excitação. As casas da cidade de Olinda sorriam para mim e eu retribuía o sorriso, ainda que tenso e nervoso.

Quando passei diante do mercado de escravos, porém, toda a alegria se evaporou do meu rosto. É que, olhando para os negros recém-chegados da África e que estavam ali expostos, acorrentados, maltratados, vi ninguém menos que meu leal amigo Mukondo.

18.
OUTRO, AINDA MAIS TRÁGICO

Quase não reconheci Mukondo. Ele, que antes já era maior e mais forte que eu, tinha virado um homem alto e corpulento. No entanto, um detalhe, principalmente, me fez ver nele meu antigo amigo: os olhos tristes, que agora se mostravam ainda mais melancólicos.

Quando me recuperei do susto, corri até a entrada do mercado, gritando:

— Mukondo!

Ele levantou a cabeça e levou um certo tempo até encontrar quem o chamava. Então arregalou muito os olhos e gaguejou:

— Tu... Tumbu? — perguntou intrigado, e lágrimas escorreram pelo seu rosto.

Adiantei-me para abraçá-lo, mas o homem responsável pela venda dos escravos me deu um safanão com o cabo do chicote:

— Sai daqui! Não é lugar para crianças. Vais atrapalhar o freguês.

Estava se referindo a um branco que, vestido em roupas finas, analisava um por um os negros, olhando pele, cabelo, músculos e dentes.

— Que aconteceu contigo, Mukondo? Que houve com nossa gente? — perguntei, confusamente, em nossa língua natal.

— Um desastre. Eu já esperava — respondeu, voltando ao habitual taciturno. — Os Aimimi nos perseguiram até o fundo da floresta, outros povos vieram também. Os brancos dominaram toda a região. Mataram ou sequestraram todo mundo.

— E Uembu? — quis saber, com o coração na mão.

Ele fez uma pausa, porque o freguês agora analisava seu corpo e o impedia de falar. Aguardei ansioso. Quando se viu livre do branco, respondeu:

— Conseguiu escapar com poucos outros. Meus pais morreram. Eu fui pego numa emboscada. Não existe futuro para a nossa nação, Tumbu. Acabou-se. Acabou-se nossa aldeia.

Tinha acabado de dizer essas palavras, quando o comprador anunciou, apontando para o meu amigo:

— Fico com este.

— Ótima escolha, senhor. Ótima escolha. Negro como este o senhor não verá por aí. Forte, jovem, na flor da idade, na exuberância da força!

Senti uma forte tontura e meu corpo ficou leve, como se fosse feito de sombra. O sujeito estava comprando Mukondo, ia levar meu amigo novamente para longe de mim.

— Quanto custa? — perguntou.

O vendedor deu o preço e explicou:

— Uma pechincha, o senhor verá. Em um ano de trabalho recuperará o dinheiro investido. O senhor está levando uma peça de primeira.

O homem enfiou a mão dentro da roupa e sacou algumas moedas. Os olhos do comerciante brilharam. Mukondo olhava para a cena como quem não está entendendo nada.

— Ótimo negócio o senhor está a fazer. Ótimo negócio — falou mais uma vez o vendedor, olhando com carinho para o dinheiro que o outro contava na palma da mão.

— Ofereço o dobro — falei.

— Como?

Os dois olharam para mim como quem sente uma pisada no pé. O comerciante gargalhou:

— Dás o dobro?

— Sim — confirmei.

Então ele se adiantou raivoso, ergueu o açoite e disse, baixinho:

— Já te disse para te afastares de minhas mercadorias. Sai já daqui ou vais ver — e, mudando de tom, voltou-se para o freguês: — Excelente negócio. Bem se vê que o senhor é um homem estudado e de respeito. Vem da Corte?

Eu aí puxei do meu saco de moedas e o abri à vista do mascate, que já ordenara a soltura de Mukondo, dizendo:

— O dobro.

Observando o dinheiro, ele mudou de figura.

— Ma... Mas, como assim?

— Pode contar, se deseja. Dou o dobro do que o cavalheiro pretende pagar pelo escravo.

— És uma criança, moleque. Como podes...

— Tenho um responsável que pode assinar os papéis por mim. Ele virá em seguida. Aceita o trato?

— Bom... Bem...

— Sim ou não?

— Veja o senhor... — disse ele, se desculpando para o freguês que acompanhava o diálogo com as moedas na mão. — Não posso recusar a oferta. São dinheiros, enfim. Aceito, sim, aceito.

Feito o acordo, pedi ao homem e a Mukondo que me esperassem. Voltei para casa no momento exato em que o senhor Manel havia acordado e, de pronto, fiz a oferta a ele: lhe daria uma quantia para que comprasse um escravo em seu nome e outra para que alforriasse o escravo, que era como chamavam quando um senhor dava liberdade a um negro. Com a condição de que deixasse

Mukondo permanecer em sua casa, ajudando no trabalho da loja, sem receber salário.

Ele não entendeu a princípio, mas afinal, quando descobriu que ganharia dinheiro fácil, sem um pingo de investimento, e ainda conseguiria mão de obra gratuita para o seu negócio, assentiu. Cobiçoso, tampouco perguntou como eu havia amealhado tantas moedas. E, assim, fomos até o mercado e a transação foi feita.

Meu amigo Mukondo estava salvo. Ficaríamos novamente juntos, como nos velhos tempos. Nós nos abraçamos demoradamente e caminhamos para casa, onde ele me contou as desventuras da África e eu as misérias daquela terra de brancos, onde as pessoas de pele escura não tinham vez.

Não podia deixar meu amigo ser escravizado e sofrer os horrores que eu mesmo já tinha sentido na própria pele. Eu o amava e ele a mim. Tenho certeza de que, se a situação fosse inversa, ele me ajudaria do mesmo jeito.

Tudo isso era verdade. Porém, não devo mentir. Também sentia uma dor no coração. O dinheiro guardado para resgatar minha mãe havia acabado. Seria preciso conseguir aquela imensa quantidade de moedas novamente. E quem garantiria que minha mãe não seria vendida a outro senhor?

Sendo assim, se por um lado estava feliz com a presença do meu companheiro de tantos anos, por outro, nas noites de conversas mudas com Jesus, chorava imensamente e pedia ajuda e proteção.

Foi então, no meio daquele conflito de sentimentos, que algo terrível aconteceu. Um choque inimaginável me fez perceber que estava vivendo em erro, que a realidade era muito diferente do que eu imaginava. Minha inocência foi destruída de um só golpe e o desespero persistente, duro, profundo passou a habitar minha alma.

Tinham-se passado três semanas de meu reencontro com Mukondo. Ele já estava relativamente ambientado na nova terra. Ensinava a ele as coisas que tinha aprendido e o trabalho diário na loja. Saíamos nos finais de tarde para vender os quitutes e eu continuava lendo os anúncios, visitando o porto, o mercado, conversando com os negros. Era um alívio tê-lo a meu lado como companhia.

Não tinha mais encontrado o antigo anúncio que fazia referência a minha mãe. E continuava sem notícias do meu pai ou da gente da minha terra.

Certa tarde de sol forte, por toda a cidade boatos davam conta de que "negros rebelados" estavam sendo trazidos do interior para a capital para serem enforcados. Esses negros eram escravos de plantações como as de Donana que, não suportando as condições horríveis de trabalho, os castigos, a escravidão, conseguiam fugir e, juntos, formavam em lugares afastados aldeias próprias, só de negros, onde não havia brancos para mandar neles.

Sempre escutei com atenção esses casos e, claro, torcia pelos negros que, se em minha terra natal viviam em brigas e escaramuças uns contra os outros, na terra dos brancos acabaram por formar um só povo, em luta pela liberdade. Torcia por eles, mas calado, pois os donos de terra não queriam nem ouvir falar nos tais "quilombos", nome dado às comunidades de negros livres e fugidos.

Por aqueles dias, um grupo de brancos bem armado havia conseguido invadir um quilombo e capturar seus moradores. E agora, dizia-se, estavam trazendo os negros para Olinda, para enforcá-los à vista de todos e amedrontar escravos que por acaso também estivessem pensando em fugir.

De fato, ao cair da tarde, com centenas de pessoas bisbilhotando de suas janelas, vimos o cortejo de soldados brancos arrastando em correntes negros sujos, ensanguentados e esfarrapados, que levavam ao enforcamento. O povo aplaudia, assobiava, xingava os prisioneiros, alegre com o espetáculo. Quanto a mim e Mukondo, olhávamos com tristeza para tudo aquilo, lembrando a captura de nossa gente lá na África natal.

E tudo se resumiria a isso, a mais um dos festivais de horrores que os brancos gostavam de promover, mais uma cerimônia para celebrar seu domínio sobre os negros se, a certa altura, Mukondo não tivesse tocado meu ombro com angústia e apontado para um dos homens acorrentados.

Virei para onde ele indicava e, por trás dos machucados que arroxeavam sua pele e haviam dilacerado seu nariz e seus lábios, vi a figura magra, sofrida e pálida do meu pai.

— Pai! — gritei em minha língua e avancei em sua direção. — Pai!

Mas um dos caçadores de negros me empurrou e eu rolei de volta até o passeio.

— Pai! — insisti, e de novo fui derrubado no chão, agora com o cabo de uma arma.

O senhor Manel e Mukondo, que estavam ao meu lado, tentaram me impedir, mas uma terceira vez corri na direção do meu pai e me abracei ao homem que já havia me batido duas vezes.

— Aquele é o meu pai — expliquei, na língua errada dos brancos.

— Pois saiba que seu pai é um assassino, negrinho — falou ele, sem se comover.

E foi então que meu coração se acendeu com esperança.

— Pedu! — gritei de repente. — Pedu, sou eu! Sou eu, Tumbu!

Sim, meus amigos, aquele soldado era o marinheirinho que havia me trazido escondido em seu navio desde a África e que, assim que aqui chegamos, tinha me salvado do chicote.

— Pedu! — falei sorrindo. — Não se lembra de mim? Pedu, meu amigo, sou eu, Tumbu!

Só então ele parou a marcha e se virou para mim. Estava mudado, muito mais alto, cabeludo e gordo, mas tinha o mesmo sorriso de criança de quando nos encontramos. Apertou os olhos, me olhou dos pés à cabeça. De passagem, um dos seus amigos lhe bateu nos ombros e disse:

— Vamos, Pedro!

Então, me fitando intensamente, ele abriu um sorriso nervoso:

— Tumbu?

— Eu, sim! Eu mesmo! — falei, abrindo os braços.

Seus olhos tremeram, agitados. Ele me reconheceu. E, por fim, disse:

— Não conheço nenhum Tumbu. Não tenho amigos negros.

Em seguida me deu as costas e retomou a marcha. Corri novamente em sua direção, mas dessa vez Mukondo e o senhor Manel conseguiram me segurar.

Mais tarde, segui com o público até o local das execuções. Pedu estava sobre o cadafalso, acompanhando

os enforcamentos. Passei entre o povo e me aproximei dele, gritando seu nome, desesperadamente. Não me deu atenção.

À noite, vi meu pai pender da forca, esperneando, e, logo, perder os movimentos e a vida.

19.
SEM PAI

Não me deixaram chegar perto do corpo do meu pai. Dormi aquela noite com um oco profundo dentro da alma e não consegui chorar. Os brancos tinham levado tudo o que eu tinha. Nada mais justo que agora pagassem pelo que tinham feito.

No dia seguinte morreu em mim qualquer preocupação com pecados, culpas, infernos ou o que quer que fosse. Iria acumular dinheiro, muito dinheiro, e tentar achar a minha mãe. Os brancos e seus ajudantes de pele negra, marrom ou vermelha eram meus inimigos. E, contra eles, não pouparia armas.

Naquela mesma semana pedi a Mukondo que fosse até Intapessuma, procurar por minha mãe. Como esperava, ele voltou dias depois dizendo que ela já havia sido vendida para um outro senhor. E, ainda, que seus antigos senhores se recusaram a fornecer o nome de seu novo dono.

— Vai ser difícil encontrá-la — falou meu amigo, com tanta tristeza na voz que senti mais pena dele que de mim mesmo ou de minha pobre mãe.

De fato, Mukondo, que sempre havia sido meio tristonho, tinha agora chegado a um estágio de melancolia quase insuportável. Falava pouco e baixo. Seus movimentos eram lerdos. E, apesar de conservar intacta a inteligência que sempre o permitira descobrir trilhas na selva e encontrar soluções maduras para pequenos problemas do dia a dia, parecia entorpecido como mil tigres bêbados.

Nossa salvação era o trabalho. E trabalhamos dia e noite sem descanso, acumulando reservas e fazendo a loja do senhor Manel crescer, apesar das porcentagens cada vez mais generosas que arrancávamos de seus lucros. Ele era o inimigo, o mal, o branco a ser vencido, não podia ser poupado.

Os negócios capitaneados por mim, com a ajuda de Mukondo, cresceram tanto que o senhor Manel, a partir de uma sugestão minha, resolveu diversificar suas vendas e abrir um novo ponto comercial, algumas ladeiras abaixo de sua casa. E, por fim, construiu um armazém na cidade do Recife.

O dinheiro se multiplicava e ele e sua senhora passaram a adotar hábitos dos ricos e poderosos da aldeia. Só andavam agora nos ombros de negros, usavam roupas bordadas de ouro e prata e anéis de vistosos diamantes. Quanto a mim e a Mukondo, também passamos a nos vestir como os brancos, ainda que modestamente e mais por estratégia do que por vaidade.

Usar roupas de branco significava ser mais bem aceito por eles. Assim como na luta fechada das selvas, quando os combatentes se escondem entre árvores e arbustos, as vestes da gente de cor pálida nos serviam de camuflagem.

O comércio crescia, nós ficávamos mais velhos e eu não abandonava o hábito de procurar minha mãe ou algum remanescente de nossa aldeia. Espalhava anúncios que a descreviam e prometia um prêmio em moedas brilhantes para quem pudesse me dar alguma informação a seu respeito. O que de nada adiantou.

Um belo dia descobri que Mukondo estava de chamego com Lindalva. A coisa cresceu e eles acabaram se enrabichando. Só então meu amigo soltou o sorriso e até ficou mais gordinho.

Quanto a mim, afora um ou outro namorico que o dinheiro agora tornava mais fácil, não me entregava a nenhum amor. É verdade que me divertia com algumas negrinhas mais fogosas e até com certas brancas de alma negra, naquela brincadeira prazerosa de molhar lábio e afagar cabelos.

Mas esses momentos eram, para mim, o mesmo que acontece na guerra, quando as partes inimigas resolvem dar um descanso às batalhas e até comem um grande banquete juntas. O que não impede que, no dia seguinte, retomem os combates, ou que você até acabe matando o sujeito que, na véspera, gentilmente lhe passou um braço de macaco assado.

Ali naquela terra todos eram inimigos. E, embora soubesse disfarçar com falsidades e hipocrisias, coisas que aprendi a manejar a partir do contato com os brancos, odiava a todos e cada um.

Mukondo, claro, era exceção. Mukondo era mais que um irmão para mim e meu único alento naqueles dias de contínua dor e amargura. Aliás, depois que se enrabichara com Lindalva — os dois moravam juntos numa das novas lojas do senhor Manel —, andava muito diferente e até dado a esperanças, gargalhadas e planos auspiciosos para o futuro.

— Vamos montar uma casa e ter muitos filhinhos — me disse ele certo dia no porto, enquanto mirávamos o mar.

— Filhinhos? Nessa porcaria de terra? — perguntei.

— A vida é boa — continuou, com um sorriso abobalhado.

— Estás doente?

— Que se há de fazer? Como dizia o teu avô Buta: é seguir com o vento. Que outro lugar temos para ir?

— Sei de um lugar aonde vou te mandar agorinha, se não parares de falar asneiras.

— Devias deixar de tristeza e aproveitar o que nós temos. Nada mais restou, Tumbu. Nada.

— Mas vejam quem está falando! Eia, ô, por favor, alguém aí, me traga meu amigo Mukondo de volta! Não pensas na tua irmã, bobo alegre? És um branco! Estás me ouvindo? Um branco! Essa tua pele negra nada mais é que um disfarce para esconder tua alma de branco sujo!

— Já não és mais o mesmo, Tumbu. Tu, sim, é que já estás morto.

— Sai! Sai daqui, covarde, ou te encho a cara!

Ele se afastou e desapareceu por trás do casario. Graças aos deuses, porque se tivesse comprado a briga eu não estaria hoje aqui contando esta história, visto que Mukondo era pelo menos três vezes maior e mais largo que eu. Depois daquele episódio, ficamos vários dias sem nos falar.

Naquela noite, cheguei em casa e me olhei demoradamente no espelho. Passei, quem sabe, uma hora de pé, observando minha imagem tortuosa, enquanto escutava os roncos de Sacripante, que tinha definitivamente parado de trabalhar e agora vivia como apadrinhado de dona Virgília, comendo das migalhas que caíam da mesa dos brancos e dividindo o quarto comigo.

O que vi no espelho foi um rapaz de 1,70 metro mais ou menos, uma penugem escura sobre os lábios, a testa abaulada, algumas rugas sobre o rosto, uns olhos sem brilho, uns lábios sem cor. Vi um preto fantasiado de branco, vi um falsário e um ladrão. E acabei esbofeteando o espelho que, pelo visto, esperava o golpe e se defendeu bem. Cortei a mão, mas acabei atirando o objeto contra a parede e ele foi se espatifar sobre a cabeça de Sacripante, o qual passou o resto do mês inteiro tendo de andar com panos brancos sobre a cabeça, como se fosse um vendedor de acarajé.

Os dias se passaram com enfado. Gradualmente, eu e Mukondo voltamos a nos falar, sem que fosse mencionado o episódio que gerou atrito entre nós. Ele comprou minha liberdade do senhor Manel, coisa que até então não tínhamos feito. E eu me mudei para a loja que lhe servia de casa.

Até que chegou o momento em que, estranha e inexplicavelmente, os negócios do senhor Manel começaram a degringolar, de uma hora para outra. Em pouco tempo, ruíram, e ele faliu. Mukondo, que era mais velho e, portanto, autorizado a fazer transações comerciais, comprou as lojas do velho, pagando uma ninharia.

— Mas como isto pôde acontecer? — perguntava o comerciante, entre lágrimas, carregando ainda na calça, como antigo hábito, Leovigildo, que agora já não teria o mesmo poder de antes.

O velho se mudou para uma casinha modesta e teve de se desfazer de todos os seus bens. Dona Virgília, com a pobreza, readquiriu a casmurrice habitual. Só lhe sobrou como consolo Sacripante, que continuou a morar com a família e lhe servia como balde para derramar seus humores ácidos. Até Chuvisco ficou conosco. Desejo de Lindalva — que era muito apegada ao animal —, satisfeito por Mukondo.

Éramos muito novos. Eu, quase criança ainda. Mas estávamos ricos, bastante ricos. Mukondo comprou um casarão dos melhores da aldeia. E logo vários brancos passaram a frequentar a nossa casa, espantados com a habilidade daqueles dois comerciantes tão jovens e, apesar de pretos, tão inteligentes.

Meu amigo e sua mulher passaram a ostentar riqueza e a conviver com os outros senhores da cidade. Chegaram a comprar escravos, mais casas, terrenos, bois, cavalos, tudo a que tinham direito. E, para cúmulo da felicidade deles, Lindalva ficou grávida. Mukondo — aliás, Carlos Alberto, que era o seu nome de branco — teria enfim seu filho naquelas terras dos Brasis.

Quanto a mim, evitava o convívio com a sociedade, fosse de brancos ou de negros puxa-sacos. Não ia a festas, não aceitava convites para jantares. Quando o trabalho me dava alguma rara folga, corria até o porto, lia notícias de escravos fugidos ou à venda, visitava os mercados, me fechava dentro de mim mesmo.

— Precisas de diversão. Precisas arrumar um namorico — dizia Mukondo, ao me ver calado num canto.

— As moças da cidade andam loucas atrás de ti, Isaía! — falava Lindalva, chamando-me pelo nome que o senhor Manel me dera.

Eu nada dizia. E permanecia no meu isolamento. Nem com Mukondo costumava conversar muito. Apesar de morarmos na mesma casa, vivíamos em mundos diferentes, distantes, apartados.

E foi então que, numa daquelas noites solitárias do porto, enquanto fitava o horizonte longínquo, os barcos ancorados, as bonitas pedras amarronzadas que enfeitavam o mar a curta distância — ouvi um sussurro. Pensei ter sido o vento e não liguei importância. Mas logo percebi a aproximação de uma sombra pelo meu lado direito.

Assustado, me virei de súbito e me pus de pé, para me defender do que pensava ser um assalto. No entanto, diante de mim, vi apenas uma velha negra, desdentada, vestindo andrajos, envergada sobre um cajado. Com os lábios trêmulos e a voz partida, pedia:

— Uma ajuda, ioiozinho... Uma ajuda peilamô de Deuse... Passo fame... Adoentada... Uma ajuda, ioiô... Um ajutório...

Antes que terminasse a frase, eu já havia percebido, trêmulo, que aquela senhora era a minha mãe.

20.
A MÃE

Com que risos e quantas gargalhadas e beijos e abraços e pinotes não festejei o reencontro com minha amada mãe, meus amigos! E tanto sacudi a pobre, que deve ter sido pura obra divina a velha adoentada não ter caído morta ali mesmo.

Eu a levei para casa aos gritos e berros e assobios e saltava e dava tantas cambalhotas, que acabei acordando mais de um vizinho. E quando eles me bradavam os piores palavrões, eu dizia que amava a todos e que não havia no mundo gente mais pacífica e acolhedora que os brancos.

Meu entusiasmo não tinha fim. E até a minha mãe, tão feliz quanto eu com o reencontro, mas um pouco mais ponderada, me pedia para ter calma e não me exaltar muito, com medo de que acabasse, num daqueles giros sem fim que dava no ar, metendo a cabeça nalguma quina de parede — coisa que de fato aconteceu e quase me levou ao desmaio.

Mas não desmaiei e continuei as peraltices. Quando cheguei à porta de casa, vinte mil cachorros latiam, cidadãos menos pacientes tinham me sacudido baldes de água e até um ovo atiraram contra minha cabeça. Que se há de fazer? Aquele povo certamente nunca teve mãe.

Acordei Mukondo e Lindalva com berros que só não foram ensurdecedores porque, àquela altura, eu não tinha mais voz.

— Que foi? Alguém morreu? — falou meu amigo, acordando com seu antigo espírito pessimista.

— Nasceu — falei, mais rouco que um peru. — Mamãe, Mukondo! Encontrei mamãe!

Ele esfregou os olhos sem acreditar no que via. Depois sorriu, chorou, voltou a sorrir, chorou novamente, gargalhou e caiu duro no chão. De tal maneira o espetáculo de nossa felicidade foi lastimoso, que mamãe chegou a dizer:

— Se soubesse que ia causar tanta aflição, não tinha aparecido.

E todo mundo riu. Aliás, bastava dizer qualquer coisa que todo mundo ria. Depois de agasalhá-la e lhe dar o que comer, nós nos reunimos ao seu redor para escutar a história de suas desventuras.

A história de mamãe nos Brasis não tinha sido muito diferente da de milhares de outros negros. Quando chegou aqui, foi separada dos seus e mandada para uma plantação em Intapessuma. Ali, sofreu todas as atrocidades que o homem branco era capaz de cometer: foi chicoteada, furada, sangrada e chegou a perder dois dedos da mão. Naqueles poucos anos, havia envelhecido décadas. Aparentava já ser uma senhora de idade.

Quando, após passar por infinitas misérias, devido aos muitos maus-tratos, adoeceu gravemente e já não servia mais para o trabalho na lavoura, seus senhores tentaram vendê-la. Como não encontraram compradores, simplesmente a puseram no olho da rua, sem mais nem menos. Caminhando e mendigando, ela tinha vindo parar em Olinda. Estava há cinco dias na cidade quando a encontrei.

Quando acabou de falar, já não ríamos. A situação havia se invertido: o que quer que dissesse, chorávamos. Afirmava que aquele momento era o mais feliz de sua vida. Contava que tinha certeza de me encontrar um dia. Concluía que todo o sofrimento por que passara valera a pena, pois estava me vendo naquele instante. Chorávamos, chorávamos, chorávamos.

A partir do dia seguinte, contratei o melhor curandeiro da aldeia para tomar conta de mamãe, aias e ajudantes para acompanhá-la. Deixei à sua disposição tudo do bom e do melhor, a enchi de mimos, presentes, objetos valiosos e tudo o mais que ela quisesse ou apenas pensasse em ter. Alfaiates lhe fizeram vestidos, doceiras lhe prepararam os melhores quitutes, dentistas lhe colocaram belíssimos dentes de ouro. Não poupei dinheiro para vê-la recuperada e feliz.

A verdade é que sua doença era grave. No entanto, passado o primeiro mês, já respirava melhor. E, dali por diante, apesar de necessitar constantemente de ervas, remédios e auxílio para beber água ou urinar, e apesar das constantes tosses e roncos, sua saúde permaneceu estável. Sempre inspirava cuidados, mas pelo menos não havia piorado. E eu estava feliz, muito feliz. Mais ainda por perceber que ela também estava.

Nada lhe contei sobre o meu pai. Amenizei também, em meus relatos, toda minha amargura. Os negócios continuavam indo bem. Meu patrimônio e o de Mukondo crescia a cada dia e eu agora, mais livre, solto, relaxado, começava a sair um pouco da minha clausura.

Poucos meses depois, numa noite em que caminhávamos para casa após o trabalho, Mukondo me abraçou pelos ombros e disse:

— Vejo que estás bem. Estás feliz. Não te falta mais nada. Não pensas em arrumar uma moça da sociedade, em ficar noivo?

— Te enganas — respondi.

— Como assim?

— Ainda me falta algo, Mukondo.

— Que te falta, criatura inconstante? Que queres agora?

— Tua irmã, Mukondo.

— Quê?

— Vou para a África buscar Uembu.

— Mas nem sabes se ela está viva, homem!

— Saberei... Saberei.

E foi assim, após milhões de recomendações a Lindalva e a ele para que tomassem conta da minha mãe e a deixassem muito bem acompanhada por médicos — os feiticeiros da aldeia — e acompanhantes, que semanas depois, numa tarde de chuva fina, me pus a cavalgar na direção do porto. Tinha passagem comprada para a África. Ia atrás daquela que esteve marcada para mim desde o nascimento.

— És louco — despediu-se Mukondo, me dando um abraço junto ao batente de casa.

— Descobriste hoje? — sorri.

Ao pé de Olinda, subi num cavalo e galopei até o Recife. Chegando ao cais, deixei o animal com o primeiro mendigo que vi. Era uma promessa para que a viagem corresse bem. Ao fim e ao cabo, bem ou mal, havia me reconciliado com os deuses e até com o pregado Jesus.

Entreguei a montaria ao homem, que encheu os olhos de lágrimas e beijou minhas mãos diversas vezes, agradecido. Não o reconheci de imediato, pois estava sujo de terra, dos pés à cabeça, e trajava farrapos imundos. Mas era o senhor Manel.

Afastei-me dele com um misto de raiva e compaixão. Ainda atordoado por aquele encontro inesperado, enquanto aguardava na fila para descer ao batel que me levaria ao barco, senti que alguém me segurava pelo braço.

Pensei que fosse meu antigo dono e me preparava para livrar-me de suas frágeis mãos, quando ouvi uma voz, que nunca tinha me saído da cabeça, sussurrar em meus ouvidos:

— Sabia que nos encontraríamos de novo. Venha comigo. Vamos. Sem escândalos. Donana o espera.

Wanderley, vestido como um barão do açúcar, estava acompanhado por quatro escravos robustos, os quais me encaravam com aquele sorriso bom que a gente força diante de um doente prestes a morrer.

21.
RECOMEÇO

Olhei para um lado e para outro e não vi por onde escapar. Wanderley com seu cabelo de fogo deu um passo para trás, contente. Seus capangas avançaram em minha direção.

— Pode ser com dor ou sem dor. Você escolhe — disse o de pelo encarnado, ainda sussurrando, para não despertar atenção.

Os homens me seguraram pelos braços e quase me suspenderam do chão. Aos poucos, sem alarido, fui sendo levado para o interior da cidade enquanto via diminuir a fila com os passageiros do barco.

E é aqui que eu digo a vocês, meus amigos, que nunca, nas suas vidas, deixem de presentear um pobre mendigo com um cavalo, zebra, um hipopótamo, uma girafa, um rato ou qualquer animal que seja, caso tenham a oportunidade.

Para mim ficou claro, a partir daquele dia, que os deuses ou santos ficam particularmente tocados quando esses bichinhos são entregues a um miserável em troca de uma promessa. E retribuem o favor de maneira quase imediata.

Acontece que, no meu caso em especial, enquanto me via sendo arrastado pelos escravos de Wanderley na direção da aldeia, senti o oco interior encher-se dos humores mais profundos, talvez gases, talvez líquidos, de mistura com sentimentos pesados e iras que não caberiam em outro ser humano.

Tive uma espécie de tontura e o volume da minha caixa torácica como que cresceu. Minhas pupilas se dilataram, meus músculos se retesaram, meus lábios se enrijeceram e a respiração parecia queimar minhas narinas.

Foi como se, em questão de segundos, todo o ódio que sentia dos brancos houvesse se acumulado em meu fígado, que não suportou a pressão e danou-se a bombear ódio para o coração e este logo despachou fumaças odientas por todo o organismo, que inchou num todo único de fel, horror e revolta.

As centenas de chicotadas que levara ao longo da estada naquele país foram contabilizadas por mim na velocidade de um raio. As humilhações, maus-tratos, mentiras, hipocrisias, crimes e violências, a estupidez, a cobiça e o escárnio, tudo aquilo de que havia sido vítima ou, até, participado ativamente, despertaram em mim uma fúria jamais igualada em qualquer outro momento de minha vida.

Já disse e repito: a coragem nunca foi o meu forte. Mas naquele dia fui mais bravo que o velho Puna, que, com uma cotovelada, havia certa vez matado uma onça. É certo que a luta da capoeira, aprendida primeiro nas danças de terreiro da vila de Donana e depois sobre as pedras duras de Olinda, contribuiu para o meu desembaraço. Mas havia ali cinco homens contra um. E homens fortes. Ainda assim, deixei todos no chão, derrubados.

Foram chutes, socos, braçadas, pernadas, volteios, saltos, voos e pinotes. Como uma fera, avancei contra os meus adversários, provocando corre-corre e gritaria no porto. Cada golpe foi para mim uma vingança, cada pancada um pouco do muito sangue perdido nos Brasis que voltava às minhas veias.

Por fim, quando já não havia mais a quem surrar, com a alma purificada, limpei os pós da roupa, em vários pontos rasgada e, apanhando o saco com mantimentos, me encaminhei para o cais novamente.

Cheguei a tempo de entrar na última viagem do batel e logo subi ao barco — barcão semelhante ao que tinha me trazido para aquela aldeia muitos anos atrás, quando nada sabia dos brancos e de seu modo de vida. Logo a âncora foi levantada. E partimos para a África.

Boa parte dos meses de travessia, gastei desenhando as palavras mudas que vocês leem agora neste caderno. Outro tanto, mirava as estrelas e respirava o hálito

salgado do oceano. Mas, a maioria do tempo, pensava em Uembu.

Sabia ser praticamente impossível encontrá-la. Era enorme a possibilidade de que tivesse sido assassinada ou vendida como escrava. Admitia que, mesmo se ainda estivesse viva, seria muito difícil localizá-la.

Mas, acima de tudo — e isso meu saudoso vô Buta não havia me ensinado, aprendi mesmo na lida com os brancos — percebia que, das coisas sem sentido do mundo (e haveria alguma com sentido?), a mais venerável era a busca do impossível. Foi ela que me manteve vivo durante tantos anos, era ela que me guiava agora.

Assim que o navio atracou em meu velho porto natal, logo percebi o quanto tudo ali estava mudado. Os brancos haviam instalado aldeias a seu estilo por toda a costa. Cidades parecidas com o Recife, mas não tão luxuosas quanto Olinda, podiam ser vistas à distância.

Andando por entre as novas construções, me deparava com o mesmo espetáculo a que assistia diariamente do outro lado do mar: negros escravizados trabalhando para os brancos, sendo chicoteados, humilhados, perdidos. Contratei os serviços de um mateiro, aluguei montarias e me enfiei com ele no interior da floresta ou, antes, no que restou dela.

Andamos muitas milhas. Visitei os locais por onde costumava caminhar, os morros que subia, os riachos que atravessava. Chegamos à lagoa onde meus pais haviam sido aprisionados pelos Aimimi. Algumas negras lavavam suas roupas ali e me pediram algumas moedas.

Mais adiante, paramos no ponto em que um dia havia sido construída minha aldeia. Em seu lugar, agora, uma multidão de casas pobres, de feitio branco, se espalhava. Então prosseguimos mais e mais, até o rio que nos salvara em nossa última tentativa de fuga dos Aimimi. Já ali, em seus arredores, não havia casas. Nem novas nem antigas. O fogo tinha consumido a vegetação, por toda parte o que se via era destruição e desperdício.

Com a ajuda do mateiro, consegui encontrar o local aproximado em que, certa noite, me despedi dos meus amigos Mukondo e Uembu para embarcar na viagem que me separou daquela terra por tantos e tantos anos.

Estava escurecendo. Pedi que acendesse uma fogueira. Acendi eu também um cachimbo e me deixei ficar ali, de pernas cruzadas, observando a lua.

— Aqui é perigoso, senhor — me disse o mateiro.

— Não é nada — afirmei, mostrando a ele a arma de fogo que carregava comigo.

— Muitos bichos... — ele insistiu.

— Silêncio — pedi e lhe joguei o saco de mantimentos, para que matasse a fome e me esquecesse um pouco.

No entanto, a verdade é que eu tinha medo. No meio

do descampado, uma fera poderia nos atacar por qualquer lado. No escuro, uma cobra certamente deslizaria até nós sem ser vista.

Seja como for, me mantive firme, tentando aparentar segurança. O que deve ter acalmado o homem, mas não impediu que, minutos depois, escutássemos passadas sobre folhas secas.

Levantei assustado e empunhei a arma. O mateiro fugiu desabalado, gritando não sei que pedidos de proteção aos deuses lá dele. Uma sombra se moveu atrás do tronco de uma árvore perdida.

Apertei os olhos e segui ao seu encontro, trêmulo. De repente, a criatura deixou o esconderijo e se mostrou de corpo inteiro. Fiquei estarrecido. Jamais imaginei que pudesse ser tão grande. Nunca tinha visto pele, olhos e membros como aqueles.

Entorpecido, deixei a arma cair no chão. Ela se aproximou um pouco mais, até que chegou a poucos centímetros de mim e sorriu:

— Por que choras e te espantas? Vim aqui todas as noites — disse Uembu.

— Todas?

— Quase todas — confirmou, sorrindo mais e limpando as lágrimas que me rolavam pelas bochechas.

Então pôs as mãos sobre minha cabeça, encostou o rosto no meu e me abraçou. Como antes, quando éra-

mos pequenos, senti meu corpo se encher de humores mornos e apaziguantes, os passarinhos caírem das árvores de tanto gargalhar e os espíritos dos animais se desprenderem dos corpos e bailarem à minha frente.

— Estás casada? — perguntei.

— Escrava.

— E os nossos?

— Partiram. Ou morreram.

Segurei seu rosto com as mãos e me inundei daqueles olhos imensos, maiores que o fundo da noite. Alguma coisa neles havia mudado, mas não tinham perdido a calma e a brandura das águas paradas em dias quentes.

Do mesmo modo, uma cicatriz se mostrava em seu pescoço, abaixo da orelha direita, mas seu corpo conservava o frescor de vento em folha molhada. E sua paz, sua paz que me esquentava o mais profundo da alma, estava intacta e eu a sentia me invadir.

— A África acabou, Tumbu — disse, baixando os olhos, e o antigo som bêbado de suas palavras ressoou em meu crânio como mil dedos carinhosos.

Seu corpo de mulher crescera para se tornar ainda mais belo. Sua voz melodiosa soava como a de uma adulta, porém permanecia com o úmido da infância.

Fiquei tonto e pensei que ia desmaiar. Ela me abraçou e nos beijamos, não sei se por mil ou dois mil anos. Sei, apenas, que vi estrelas se fundirem em sóis e lavas brotarem de rosas, e cavernas abrirem o oceano e arco-íris se desprenderem dos céus e serpentearem por sobre as árvores, com um canto de mil tambores e ecos de chuva ao fundo.

Pela primeira vez, percebi que ocorrera a ela o mesmo que acontecia comigo quando estava ao seu lado. Seus olhos de puro breu se dilataram com vermelhos de embriaguez. Observei seu corpo estremecer, elétrico, pulsando de um amor amplo, morno, aconchegante. E sua alma se adensar num só desejo de carinho e afagos.

Livre, ela se soltou em meus braços. Seu perfume inundou-me as narinas, fazendo cócegas em meu cérebro. Eu a amparei e disse, extasiado:

— A África não acabou. Porque tu és a África toda inteira, Uembu.

E, apanhando sua mão, iluminados apenas pela lua, eu a conduzi pela floresta, na direção da praia, do porto, dos barcos, das estrelas e do mar.

Íamos a terras distantes e incertas. Juntos, íamos à pátria dos Brasis.

SOBRE OS ILUSTRADORES

Dave Santana nasceu em 1973 em Santo André, SP. Com formação em Publicidade, trabalha para várias publicações como cartunista e chargista e também ilustra livros infanto-juvenis. Suas caricaturas lhe renderam prêmios em vários salões de humor pelo Brasil, e foi premiado com o troféu HQ Mix por seus quadrinhos.

Maurício Paraguassu, natural de São Paulo, nasceu em 1968. Formado em Arquitetura, trabalhou em animação e iluminação para cinema e vídeo, antes de se dedicar à ilustração. Alguns de seus trabalhos como ilustrador já foram incluídos na categoria dos livros Altamente Recomendáveis da FNLIJ (Fundação Nacional do Livro Infantil e Juvenil).

Juntos, ilustraram os livros *No caminho dos sonhos*, de Moacyr Scliar (2005), *O país sem nome* (2005) e *Tumbu* (2007), de Marconi Leal (2005), *Histórias do Brasil*, de José Paulo Paes (2006), *12 horas de terror*, de Marcos Rey (2006), e *De cara com a violência*, de Ivan Jaf e Regina Célia Pedroso (2007), entre outros.

SOBRE O AUTOR

Marconi Leal nasceu no Recife, a 30 de janeiro de 1975, ano em que houve uma das maiores enchentes de Pernambuco. A imagem das águas barrentas que costumavam inundar sua rua é a memória mais antiga que guarda da cidade maurícia. Talvez por isso, adora o Capibaribe, rio que a banha e corta.

Miscigenado como a maioria dos brasileiros, tem em sua ascendência elementos negros, árabes, portugueses e provavelmente outros que a memória familiar não registra. Mas, ao contrário dos grandes escritores nordestinos de sua estima, foi principalmente marcado pela cultura urbana.

Completou o ensino fundamental e o médio no Colégio Marista São Luís, o mesmo onde, muitos anos antes, estudou o poeta pernambucano João Cabral de Melo Neto. Torce pelo Sport, "doença" de que também padece seu concidadão, o escritor Ariano Suassuna. E morou no bairro das Graças, a poucas quadras de uma das casas onde viveu outro ilustre poeta pernambucano: Manuel Bandeira.

Pela Editora 34 publicou os livros *O Clube dos Sete* (2001), *Perigo no sertão: novas aventuras do Clube dos Sete* (2004), *O país sem nome* (2005), *O sumiço: mais uma aventura do Clube dos Sete* (2006), *Tumbu* (2007) e *Os estrangeiros* (2012).

COLEÇÃO 34 INFANTO-JUVENIL

FICÇÃO BRASILEIRA

Endrigo,
o escavador de umbigo
Vanessa Barbara

Histórias de mágicos
e meninos
Caique Botkay

O lago da memória
Ivanir Calado

O colecionador de palavras
Edith Derdyk

A lógica do macaco
Anna Flora

O Clube dos Sete
Marconi Leal

Perigo no sertão
Marconi Leal

O sumiço
Marconi Leal

O país sem nome
Marconi Leal

Tumbu
Marconi Leal

Os estrangeiros
Marconi Leal

Confidencial
Ivana Arruda Leite

As mil taturanas douradas
Furio Lonza

Melhor amigo
Gabi Mariano e Flávio Castellan

Viagem a Trevaterra
Luiz Roberto Mee

Crônica da Grande Guerra
Luiz Roberto Mee

A pequena menininha
Antônio Pinto

Felizes quase sempre
Antonio Prata

O caminho da gota d'água
Natália Quinderê

Pé de guerra
Sonia Robatto

Nuvem feliz
Alice Ruiz

Dora e o Sol
Veronica Stigger

A invenção do mundo
pelo Deus-curumim
Braulio Tavares

A botija
Clotilde Tavares

Vermelho
Maria Tereza

Ficção estrangeira

O patinho feio
Hans Christian Andersen

A sereiazinha
Hans Christian Andersen

Cinco balas contra a América
Jorge Araújo e Pedro S. Pereira

Comandante Hussi
Jorge Araújo e Pedro S. Pereira

Eu era uma adolescente encanada
Ros Asquith

O dia em que a verdade sumiu
Pierre-Yves Bourdil

O jardim secreto
Frances Hodgson Burnett

A princesinha
Frances Hodgson Burnett

O pequeno lorde
Frances Hodgson Burnett

Aventuras de Alice no País das Maravilhas e *Através do espelho e o que Alice encontrou lá*
Lewis Carroll

Aventuras de Alice no País das Maravilhas
Lewis Carroll

Os ladrões do sol
Gus Clarke

Os pestes
Roald Dahl

O remédio maravilhoso de Jorge
Roald Dahl

James e o pêssego gigante
Roald Dahl

O BGA
Roald Dahl

O dedo mágico
Roald Dahl

O vigário de Mastigassílabas
Roald Dahl

Bichos malvados
Roald Dahl

O homem que plantava árvores
Jean Giono

Contos maravilhosos infantis e domésticos
Jacob Grimm e Wilhelm Grimm

Herberto
Lara Hawthorne

O Toque de Ouro
Nathaniel Hawthorne

Jack
A. M. Homes

A foca branca
Rudyard Kipling

Rikki-tikki-tavi
Rudyard Kipling

A árvore dos sapatos
Emilia Lang

Uma semana cheia de sábados
Paul Maar

Diário de um adolescente hipocondríaco
A. Macfarlane e Ann McPherson

O diário de Susie
A. Macfarlane e Ann McPherson

É mesmo você?
Isabel Minhós Martins

Andar por aí
Isabel Minhós Martins

Migrando
Mariana Chiesa Mateos

Histórias da pré-história
Alberto Moravia

Cinco crianças e um segredo
Edith Nesbit

O arame de Alexandre
Sieb Posthuma

Carta das ilhas Andarilhas
Jacques Prévert

Histórias para brincar
Gianni Rodari

A estrada que não levava a lugar algum
Gianni Rodari

Fábulas por telefone
Gianni Rodari

A gata
Jutta Richter

Trio Enganatempo: Cavaleiros por acaso na corte do rei Arthur
Jon Scieszka

Trio Enganatempo: O tesouro do pirata Barba Negra
Jon Scieszka

Trio Enganatempo: O bom, o mau e o pateta
Jon Scieszka

Trio Enganatempo: Sua mãe era uma Neanderthal
Jon Scieszka

Vazio
Catarina Sobral

Chocolóvski: O aniversário
Angela Sommer-Bodenburg

Chocolóvski: Vida de cachorro é boa
Angela Sommer-Bodenburg

Chocolóvski: Cuidado, caçadores de cachorros!
Angela Sommer-Bodenburg

O maníaco Magee
Jerry Spinelli

A história do senhor Sommer
Patrick Süskind

Histórias de Bulka
Lev Tolstói

O cão fantasma
Ivan Turguêniev

A pequena marionete
Gabrielle Vincent

Um dia, um cão
Gabrielle Vincent

Um balão no deserto
Gabrielle Vincent

O nascimento de Celestine
Gabrielle Vincent

Os pássaros
Germano Zullo e Albertine

Dadá
Germano Zullo e Albertine

Norte
Alan Zweibel

POESIA

Animais
Arnaldo Antunes
e Zaba Moreau

Mandaliques
Tatiana Belinky

Limeriques das causas e efeitos
Tatiana Belinky

Limeriques
do bípede apaixonado
Tatiana Belinky

O segredo é não ter medo
Tatiana Belinky

Ora, pílulas!
Tatiana Belinky

Quadrinhas
Tatiana Belinky

Limeriques estapafúrdios
Tatiana Belinky

Histórias com poesia,
alguns bichos & cia.
Duda Machado

Tudo tem a sua história
Duda Machado

A Pedra do Meio-Dia
Braulio Tavares

O flautista misterioso
e os ratos de Hamelin
Braulio Tavares

O poder da Natureza
Braulio Tavares

O invisível
Alcides Villaça

TEATRO

As aves
Aristófanes

Lisístrata ou *A greve do sexo*
Aristófanes

Pluto
Aristófanes

O doente imaginário
Molière

Este livro foi composto em Lucida Sans
pela Bracher & Malta, com CTP da
New Print e impressão da Graphium
em papel Paperfect 75 g/m² da Cia.
Suzano de Papel e Celulose para a
Editora 34, em dezembro de 2021.